AQUALTUNE
e as histórias da África

Ana Cristina Massa

GAIVOTA

São Paulo – 2025

Aqualtune e as histórias da África
Copyright texto © Ana Cristina Massa

Coordenação editorial **Carolina Maluf**
Assistência editorial **Marcela Muniz**
Projeto Gráfico **Monique Sena e Tadeu Omae**
Diagramação **Renata Bruni**
Revisão **Elisa Zanetti e Eugênia Souza**

1ª edição – 2012 | 8ª reimpressão – 2025

Dados Internacionais de Catalogação na Publicação (CIP)
(Câmara Brasileira do Livro, SP, Brasil)

Massa, Ana Cristina
Aqualtune e as histórias da África / Ana Cristina Massa;
São Paulo: Editora Gaivota, 2012.

ISBN 978-85-64816-23-7

    1. África - literatura infantojuvenil
    I. Título.

    12-00888   CDD - 028.5

Índices para catálogo sistemático:
1. África : Literatura infantojuvenil 028.5
   2. África : Literatura juvenil 028.5

Edição em conformidade com o acordo ortográfico da língua portuguesa.

Todos os direitos desta edição reservados à Editora Gaivota Ltda.
Rua Conselheiro Brotero, 218, anexo 220
Barra Funda – CEP 01154-000
São Paulo – SP – Brasil
Tel: (11) 3081-5739 | (11) 3081-5741
E-mail: contato@editoragaivota.com.br
Site: www.editoragaivota.com.br

A reprodução de qualquer parte desta obra é ilegal e configura uma apropriação indevida dos direitos intelectuais e patrimoniais do autor.

Cara leitora, caro leitor,

A narrativa que você vai ler é uma ficção, mas tem como pano de fundo alguns fatos e personagens reais. Há muitas versões sobre a história dos quilombos, dos negros que lutaram por sua liberdade e sobre a disputa entre portugueses e holandeses pelas riquezas do nordeste brasileiro. A autora se inspirou nesses fatos para criar a lenda de Aqualtune, que mistura ficção e realidade. Ao final do livro, apresentamos algumas informações históricas e indicações de *sites* que tratam dos temas abordados na obra.

Capítulos

p. 8

p. 38

p. 60

p. 74

SUMÁRIO

5
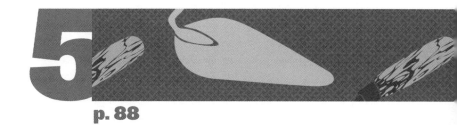
p. 88

6
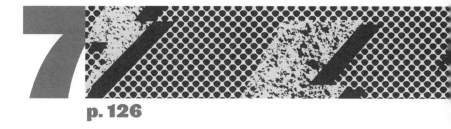
p. 108

7
p. 126

8

p. 148

Informações históricas
p. 164

Alice acordou bem cedo. Antes do dia nascer e bem antes do despertador tocar. Abriu os olhos e um grande sorriso. Férias merecidas. Passou direto, sem ficar em recuperação em nenhuma matéria. Tudo bem que história e matemática foram por muito pouco, mas passou.

Menos um problema para resolver.

O outro problema era mais difícil, aliás, sem solução.

Como mudar de nome?

Ela queria ser Alice, mas quando olhava para a carteirinha da escola, a identidade ou qualquer outro documento, lá estava ele, o nome verdadeiro, com todas as letras: Aqualtune.

Aqualtune, esse era seu nome. "Diferente, original", dizia a mãe, "forte, imponente", falava o pai.

Mas não adiantava, para ela era apenas "estranho, esquisito".

Maria, a melhor amiga de Alice, se chamava Maria, de verdade. Para Alice era um nome simples, bonito, e ninguém perguntava com espanto, quando ela se apresentava:

– Oi, meu nome é Maria.

– Como? Maria? Você poderia soletrar?

Com Alice era assim, toda vez. Ou as pessoas não entendiam, ou se espantavam:

– Aqualtune? Uau... Como se escreve?

Ou:

– Nunca ouvi esse nome antes.

Ela não queria mais que fosse assim. Por isso a

decisão de virar Alice.

No começo, ninguém deu ouvidos a ela, nem em casa nem na escola. Mas ela não desistiu e assinava Alice nas provas e trabalhos da escola, ignorava quem a chamava de Aqualtune e, quando conhecia alguém novo, se apresentava assim:

– Sou Alice.

Nunca mais ouviu alguém pedindo para ela repetir seu nome, já que soletrar "Alice" realmente não tinha o menor cabimento.

Para os amigos, Alice era só um apelido. O mundo é cheio de apelidos e diminutivos. Eduardo vira Edu, Luciana vira Lu, Ana vira Aninha, José vira Zezinho.

Fora os apelidos malvados, que se utilizam das características mais evidentes das pessoas: Guilherme vira Orelha, Clara vira Girafa.

Aqualtune virou Alice.

Nem eram seis da manhã, e Alice já estava de pé. Ansiosa pelas férias, pela viagem que prometia ser muito boa.

Tudo arrumado para partir. O destino de parte das férias era uma fazenda, longe da cidade e perto de um lugar com muito mato e nome engraçado, Serra da Barriga, em Alagoas.

Os avós de Maria viveram nessa fazenda há muitos anos, mas agora estava vazia e praticamente abandonada. Os pais dela queriam reformar o casarão, que apesar de lindo, precisava de obras, de pintura, de cor.

Quando Maria era criança, passava muitos finais de

semana com os avós, que ainda viviam lá. Mas desde que eles morreram, há bastante tempo, nunca mais a família visitou o lugar.

Maria tinha algumas lembranças, poucas na verdade. Lembrava de uma cama macia, onde dormia gostoso, do doce de leite que a avó fazia, de uma chuva forte que um dia a deixou toda molhada enquanto brincava no jardim, de um cachorro enorme que cismava de correr atrás dela, e pronto.

Junto com elas, viajariam Guilherme, o Orelha, amigo inseparável e os pais de Maria.

Guilherme só chegaria na manhã seguinte, ainda tinha uma prova cheia de problemas para fazer naquele dia. Ele nunca soube como é passar direto, sempre ficava em matemática.

Hora de ir.

Alice se despediu dos pais, que tomavam café, beijou-os, distribuiu abraços e nem se irritou com a provocação do pai:

– Tchau, Aqualtune! Aproveita!

– Ô pai... Alice.

– Ô filha, Aqualtune é tão forte, imponente...

E a mãe emendou o papo:

– Diferente, original...

E Alice continuou:

– Estranho, esquisito, mãe.

– Um dia você vai gostar, filha. Vai ter orgulho de ser Aqualtune. Já te contei essa história tantas vezes, filha. Lembra? Eu era criança, minha avó contava uma história de uma mulher corajosa e linda que se chamava Aqualtune. Aí pensei...

– Tá bom, pai, já sei... Você pensou: "Se eu tiver uma filha, vou dar esse nome para ela". Você já me contou, pai, agora preciso mesmo ir, estou atrasada! Beijos!

Alice saiu, sem pensar mais no assunto. A fazenda era distante, foram horas de viagem, mas valeu a pena. Alice ficou impressionada com o lugar.

Era realmente lindo.

A casa tinha dois andares e era tão grande que dava para se perder lá dentro, com tantos corredores e quartos. E foi o que aconteceu, logo que Maria e Alice entraram na casa:

– Alice? Cadê você?

Maria chamava a amiga, e nada, só escutava o próprio eco.

Os pais de Maria pararam diante do casarão e olharam a fachada da casa, mas as meninas, assim que o carro parou, dispararam escada acima e cada uma foi para um corredor diferente.

E aí, se perderam.

Maria insistia:

– Alice, cadê você? Responde!

Nada. Nenhuma resposta.

Alice, tão rápida, entrou por uma porta da casa, seguiu pela cozinha, saiu por outra porta e de repente estava diante do jardim mais bonito que já tinha visto na vida.

Esse jardim ficava atrás da casa e era imenso, cheio

de árvores altas, com troncos largos; longe, havia uma plantação de bananeiras e um riacho que corria por entre as árvores.

Maria desistiu de ser boazinha, e fez de propósito:

– Aqualtune! Aqualtune!

Logo Alice, que estava antes muito distraída, despertou:

– Alice! Meu nome é Alice.

Maria sorriu e foi atrás da amiga, que já estava no jardim.

Assim que se reencontraram, as duas foram explorar o terreno.

Era uma fazenda da época dos escravos, e foram eles que construíram tudo.

Aquele lugar foi, durante muitos anos, um engenho de cana-de-açúcar.

Algumas construções da fazenda, o tempo destruiu, mas a casa principal e a capela estavam em bom estado.

O lugar onde ficava a moenda, este sim, era só ruína.

Alice sentiu vontade de ir para lá, alguma coisa atraiu o olhar dela.

Para muitas pessoas, as ruínas poderiam parecer apenas escombros, restos de uma construção; para Alice, pareciam um labirinto, um mistério, um lugar estranho, mas ao mesmo tempo curioso.

O mato crescia alto em volta da construção, crescia desordenadamente, sem cuidado. Roçava por entre as pernas de Alice e de Maria, que vinha logo atrás da amiga.

Alice sempre foi desse jeito, impulsiva, curiosa mesmo. Desde criança, olhava tudo e sempre tinha a mesma pergunta na ponta da língua:

– Ué, por quê?

E prestava atenção nas respostas. Um simples "porque sim", ou "porque não" não valiam como resposta. Tinha que ser bem explicado e bem entendido.

***

Sonia e Eduardo, os pais de Maria, olharam muito para o casarão e confirmaram a necessidade de reforma urgente. Reboco solto, pintura descascada. Teriam muito trabalho pela frente.

Eles pensavam também em transformar aquele lugar em uma pousada bacana, um lugar de descanso, para relaxar, ou em algum espaço interessante.

Antes de entrarem na casa, repararam nas meninas, soltas, correndo pelo jardim:

– Será que é seguro?

– Claro, Eduardo, não irão longe. Aqui não tem perigo. Cresci aqui, é tranquilo. Tranquilo até demais...

Ele sorriu para a mulher e soltou a voz grossa e forte para as meninas:

– Não demorem!

Maria escutou, bem de longe, e sem parar de correr ou olhar para trás, respondeu, num grito alto e fino:

– Tá bom, pai! Pode deixaaaaaaar!

Alice nem escutou o pedido de Eduardo. E muito

menos prestou atenção na resposta de Maria.

Seus olhos estavam fixados nas ruínas que tinha diante de si.

Mal chegou, viu que estava certa. Parecia mesmo um labirinto, com muros baixos e irregulares, algumas paredes ainda de pé, muito mato em volta e pedras enormes espalhadas por todo canto.

De dia não parecia um lugar assustador, não tinha telhado, entrava muita luz, mas à noite poderia ficar sinistro. Foi Maria quem teve essa sensação e logo tratou de sussurrar para Alice:

– Amiga, esse lugar é fantástico, mas à noite eu não volto não. Pode ter rato, cobra, sei lá...

– Mas nós vamos caçar vaga-lumes, trouxe uma lanterna para mim e outra para você. Aqui deve ter muito vaga-lume de noite, vai ser muito maneiro!

Maria sentiu um arrepio, mas não disse nada. Trataria desse assunto mais tarde.

Aliás, a tarde já escurecia, numa mistura de nuvens pesadas e fim do dia.

De repente, uma grande sombra tomou conta do lugar.

O céu ficou arroxeado, e um vento soprava com cheiro de tempestade. Era hora de voltar.

As duas andavam por entre o labirinto de muros e pedras sem se ver, brincando de procurar a outra:

– Alice?

– Maria?

Maria viu um atalho para chegar do outro lado e

surpreender Alice. Um buraco, no meio de uma parede, servia de passagem.

Ela passou pelo buraco na parede, e nesse instante uma rajada de vento levantou poeira e folhas secas. Os cabelos de Maria voaram no rosto, impedindo que ela enxergasse direito. Mas não impediu que, em vez de Alice, ela avistasse alguém bem ali, escondido atrás de uma árvore. Um garoto, nem criança nem homem, magro, negro, com os cabelos bagunçados pelo vento e um rosto duro, sem vida.

Maria para.

Não dá mais nenhum passo, o vento atrapalha, e ela afasta o próprio cabelo da testa, cerra os olhos para ver melhor, mas o menino não está mais lá.

Em seguida, ela corre de volta por onde entrou e vê Alice, parada, imóvel, com a voz embargada:

– Tem alguma coisa estranha aqui, Maria, nesse lugar. Você não reparou no vento? Uma rajada forte, e só. Olha para o céu agora, olha: nenhuma nuvem... E o vento foi embora. Me deu um arrepio.

Mas logo a própria Alice emenda a frase, finge não dar mais importância e disfarça:

– Mas foi maneiro, hein... sinistro, mas muito legal. Quando a gente for caçar de noite, eu...

Maria cortou a amiga:

– À noite? Eu nunca mais volto aqui... vi uma pessoa... um garoto escondido, e quando olhei novamente, ele desapareceu... Tinha algo no rosto.

– Foi o vento, Maria, ilusão de ótica. Diante de tantas

folhas voando, mato se mexendo, você se confundiu.

Maria ficou muito furiosa:

– Eu vi! Não foi ilusão coisa nenhuma, foi uma pessoa, de carne e osso!

Ela estava tão certa, que tirou totalmente a dúvida da própria Alice:

– Eu acredito, amiga. Era um garoto, nem criança nem homem, negro, magro, com os cabelos voando, não era?

– Você também viu?

– Só não vi o rosto, acho que ele usava uma máscara!

Nada mais falaram ali. Voltaram para a casa, juntas, quase grudadas uma na outra.

***

Foram direto para o quarto que dividiam, no final de um corredor comprido. Era grande, com duas camas de solteiro, arrumadas com colchas de crochê brancas. Tudo muito simples, porém aconchegante.

Elas pouco falaram, apesar de as cabeças estarem formigando de perguntas sem resposta. Não sabiam exatamente o que tinham visto, nem entendiam a estranha mudança do tempo, a tal rajada de vento que soprou folhas e espalhou medo entre elas.

Arrumaram as roupas nas gavetas de uma cômoda antiga, e Alice deitou na cama.

Maria já estava impaciente:

– Então me fala, minha amiga, o que realmente

vamos fazer com o que vimos hoje lá nas ruínas? Não vamos falar disso?

Alice pensou por alguns segundos:

– Se a gente falar com seus pais agora, nunca mais vão deixar a gente ir para lá novamente. Temos que entender o que aconteceu, quem era o garoto. Era apenas um garoto. Fantasmas não existem. Por enquanto não falamos nada, tá? Por que você está com medo, Maria?

– Ué, sei lá. Foi estranho, isso foi.

Maria achou que era melhor assim mesmo. Realmente, se contasse o que aconteceu nas ruínas era bem capaz de preocupar os pais e talvez até de ficar proibida de andar por ali. E realmente, essa coisa de fantasmas é bobagem. Era melhor esperar para contar:

– Tá bom, amiga, não vamos contar nada por enquanto. Vamos tentar descobrir primeiro, mas eu não volto lá hoje à noite não.

Alice sorriu para ela, com um olhar apertado, de quem está armando um plano:

– Vamos jantar? Sua mãe tá chamando, não escutou, não?

A barriga das duas roncava. Diante da mesa, elas olhavam para as travessas, cada uma com uma comida mais apetitosa que a outra.

Sonia e Eduardo estavam sentados, loucos para jantar:

– Meninas, finalmente, não estão com fome, não?

– Famintas, pai! O que é tudo isso?

– Experimenta, filha.

Elas logo começaram a se servir, sem saber o que iriam comer. Alice e Maria comiam com apetite. Comeram arroz com frango caipira, farofa de carne seca, cará, mas o que Alice fez questão de provar, ao contrário de Maria, que torceu o nariz, foi caldo de palmito. "Se o cheiro é tão bom, o gosto deve ser também", pensou Alice.

Era bom mesmo.

Entre uma garfada e uma mastigada, Sonia, mãe de Maria, puxou a conversa:

– E aí, aonde vocês foram durante a tarde?

Alice respondeu antes que Maria gaguejasse. Era assim quando Maria mentia, ela ficava meio gaga.

– Fomos num lugar muito maneiro, parecia um labirinto, meio destruído, com uns muros, umas paredes de pedra.

Eduardo olhou para Sonia:

– Você sabe de que lugar ela está falando? Eu não faço ideia.

Sonia pensou nas construções da fazenda:

– Hum... na capela não, ainda está de pé e fica longe daqui, no alto de um morro, mas o resto, a senzala deve estar em ruínas.

– Senzala? Aqui tem uma senzala? Nós fomos às ruínas da senzala? Uau!

Sonia sorriu para Alice:

– Na época em que isso tudo aqui era um engenho de cana-de-açúcar, tinha sim uma senzala, com escravos. Ainda bem que essa época acabou. Nem sei o estado da construção. E aqui era a casa-grande. Você não lembra que vinha para cá algumas vezes, quando pequena, e meus pais eram vivos, Maria?

Ela negou com um gesto de cabeça, mas a história começava a interessá-la. Alice mastigava rapidamente a farofa de carne seca misturada com o caldo de palmito, queria falar, mas nunca de boca cheia:

– E vivia muita gente aqui, Sonia? Nesse engenho? E por quê?

– Ah, sim, morava muita gente. Esse engenho era um dos maiores da região. Meu tataravô comprou essa propriedade há muito tempo, e antes ela pertenceu a um senhor de engenho. Aqui tem tanta história boa, sabe, lendas...

Os olhos das duas se arregalaram.

– Lendas? Que tipo de lendas?

– Ah meninas, sei lá, histórias de escravos, de heróis e de traidores. Teve um homem que nasceu por aqui, nesta região, era Domingos Fernandes Calabar. Morador de Porto Calvo, aqui em Alagoas, foi acusado de trair os portugueses e se aliar aos invasores holandeses. Isso em 1632. Conhecia muito bem estas terras, era dono de engenho, mas não desse. Criou muitas emboscadas nos matos para os portugueses, e assim os holandeses conquistaram várias cidades.

– Mas por que ele fez isso? Isso é uma lenda?

– Lenda não, Alice, mas a história dele ainda é meio misteriosa. Nenhum historiador sabe exatamente o que fez Calabar mudar de lado. Para alguns é visto como herói, por outros, como traidor. Mas as lendas surgiram depois que ele foi enforcado pelos portugueses.

– Como assim?

– Nesta região contam-se várias histórias de túneis secretos construídos em igrejas antigas, tesouros escondidos e ainda o fantasma inquieto de Calabar, que nunca descansou. Lendas de escravos escondendo ouro dos senhores de engenho. Lendas...

Sonia percebeu que as meninas estavam de olhos arregalados e disfarçou:

– Depois eu conto algumas para vocês.

– E aí? Gostaram da comida?

– Amei tudo, o caldo de palmito estava maravilhoso. Quanto às lendas, não esquece, vamos ouvir todas.

Sonia sorriu:

– Pode deixar, querida.

Maria, que não deu bola para o caldo, concordou sobre as lendas, mas pensou na sobremesa:

– Mãe, tem sobremesa? Me deu uma vontade de comer doce.

Sonia e Eduardo sorriram. Eduardo apertou os lábios:

– Essa é a melhor parte, né, filha?

Nesse momento entrou na sala uma senhora, parecia vir de outros tempos, do passado.

Era grande, forte, usava um vestido branco e um lenço da mesma cor na cabeça.

Como a Tia Anastácia dos livros de Monteiro Lobato.

Ela olhou para as meninas:

– Maria! Era tão pequena, dona Sonia, e olha só, uma meninona!

Ela agarrou Maria para um abraço carinhoso, quase levantou a menina do chão.

Maria definitivamente não se lembrava dela, mas gostou da festa que a senhora fez quando a viu.

– Filha, essa é a vó Cambinda, trabalhava para sua avó e seu avô, te viu pequena!

Alice, logo atrás, esperava para se apresentar, mas nem teve chance.

– E essa, Cambinda, é a amiga da minha filha, Aqualtune.

A senhora olhou para ela e, num susto, gritou:

– Aqualtune!

Alice fechou a cara, levantou as sobrancelhas:

– Não, senhora. Sou Alice.

Vó Cambinda franziu a testa e olhou bem para ela:

– Você não é Alice não. É Aqualtune, eu ouvi muito bem!

Sonia chamou vó Cambinda para um canto:

– Ih, minha querida, ela cismou de mudar de nome, quer ser Alice. Só quer ser chamada assim. Vamos deixar, por enquanto.

Eduardo chamou Alice em outro canto:

– Alice, seu nome verdadeiro é lindo, diferente, não muda não.

Vó Cambinda olhou para Alice e respondeu:

– Mas ela não pode mudar de nome!

Alice olhou para a vó Cambinda e respondeu ao mesmo tempo:

– Eu posso mudar, o nome é meu, ora bolas.

Ali, no meio daquela confusão, Maria olhava para uma e para a outra.

Ficou um silêncio, ninguém disse nada.

Alice olhou para todos, Sonia, Eduardo, Maria. Sabia que tinha sido bem mal-educada. Pediu desculpas para a senhora e se sentou:

– Me desculpa.

Ela olhou para Alice, bem nos olhos:

– Claro, menina.

Vó Cambinda arrumou os doces na mesa, e não se falou mais nada sobre a confusão.

As meninas se encheram de broa de milho, quindim e, para beber, caldo de cana.

Alice, curiosa como sempre, quebrou o silêncio:

– Onde ela mora, a vó?

– Numa vila aqui pertinho. Ela é quilombola, vive nessa vila de gerações descendentes de escravos.

Maria não entendeu nada:

– O que são quilombolas, mãe?

– São descendentes de escravos que fugiram dos engenhos para os quilombos. Vó Cambinda tinha antepassados escravos; aliás, há uma lenda que diz que eles eram escravos dessa fazenda e que muitos fugiram daqui para o famoso Quilombo dos Palmares.

– Quilombo dos Palmares?

– É, Alice, foi o maior e mais famoso deles. Era um

lugar onde eles viviam depois de fugir. Dizem alguns historiadores que Palmares chegou a ter uns trinta mil escravos, outros acham esse número muito exagerado. Ficava aqui perto, na Serra da Barriga.

Todos ouviam a fala de Sonia com interesse.

Vó Cambinda também escutava tudo, só que atrás da porta. Espiava Alice, mas não se deixava ver.

Alice não conversou mais. Tinha muitos pensamentos, que precisava organizar na cabeça. Pensou que o garoto de máscara que elas viram deveria morar na vila, quem sabe era até parente da vó? Pensou que ela parecia uma senhora bondosa, mas alguma coisa entre as duas ficou estranha.

Alice ainda pensou, mas dessa vez quase em voz alta:

"Ela está me espiando pela fresta da porta e pensa que não estou vendo".

Realmente vó Cambinda olhava Alice. Não por maldade, mas porque ela era uma "preta velha" sábia, dona das lendas do quilombo, a negra mais antiga da vila, por isso chamada de "vó". Ela carregava consigo todas as histórias que ouviu desde criança e agora, bem nesse momento, uma das lendas parecia começar a se tornar realidade.

Entre os pensamentos e os doces, Alice por fim ficou com os doces. O quindim com pedaços de coco desmanchava na boca, e enquanto comia, não reparou mais em Cambinda.

Era uma noite de céu estrelado, limpo, uma brisa

soprava na janela, de onde se viam as árvores inquietas. Um vento leve balançava os galhos.

Vó Cambinda tirava a mesa com uma expressão diferente. Estava mais alegre, com um sorriso congelado:

– Gostou do quindim, hein menina!

– Nossa, vó, muito gostoso. Foi a senhora quem fez?

– Sim, menina. Tudo que você comeu eu mesma preparei. Se quiser alguma coisa, é só pedir para a vó, tá menina?

Alice reparou que Cambinda não a chamava nem de Alice nem de Aqualtune. Chamava de "menina". Ela gostou, não queria mais fazer confusão por causa do nome:

– Hum... a senhora faz cuscuz?

– Claro! Amanhã farei para você, menina.

As duas agora estavam se dando bem.

Eduardo, Sonia e Maria gostaram de vê-las conversando:

– Sonia, o papo está ótimo, mas estou cansado. Vamos tomar um cafezinho e dormir?

Sonia, que também parecia exausta, concordou com Eduardo:

– É, amanhã teremos muito que ver por aqui. Vamos dormir! Aproveitar esse silêncio. A noite daqui é muito linda.

Sonia foi até uma das janelas da sala, a maior delas:

– Olha! Maria, Alice, olhem, são vaga-lumes enfeitando o jardim!

As duas correram para a janela. Alice, animada,

Maria, assustada:

– Uau, vamos caçar vaga-lumes!

Maria detestou a ideia:

– Não! A gente combinou que não ia sair à noite, lembra? Vamos caçar quando o Guilherme chegar amanhã!

Sonia não entendeu:

– Mas por quê, Maria? Eu caçava vaga-lumes também. É uma brincadeira, depois é só soltar os bichinhos. Lembra, Cambinda?!

– Ah, mãe, sair assim, nessa escuridão?

Vó Cambinda não se aguentou:

– Maria, aqui não tem perigo nenhum. Não tem bicho grande, nem cobra. Se vocês quiserem, chamo o Kafil, moleque levado, conhece tudo aqui. E se vocês se perderem, vão achar a vila, aqui perto da fazenda. Vão achar a minha casa, meu povo. É só não se embrenhar na floresta que não tem perigo mesmo.

Ela riu de balançar os ombros, uma risada para dentro, de preta velha mesmo.

Alice gostou:

– Quem é Kafil?

– Meu bisneto. Garoto astuto que só. Vive por aí, correndo, jogando capoeira, ele é amigo da floresta. Às vezes parece uma árvore, parado, olhando o mundo, e outras vezes, parece um preá, de tanto que corre pela mata. Meu bisneto, ué. Lembra dele, dona Sonia?

– Claro, vó. Lindo garoto, e deve estar enorme.

– Tá sim, lindo e maior um pouco que as meninas.

Pronto, vou chamar Kafil, assim Maria perde o medo, né, Maria?

Ela deu aquela risada esquisita novamente e saiu, remexendo os ombros.

Maria não teve opção. Pelo menos com o tal Kafil por perto, sentiria menos medo e não se perderia.

Sonia e Eduardo deram beijos em todos e foram deitar. A única recomendação que deixaram foi para que as duas ficassem sempre juntas, assim não se perderiam. Fora isso, "aproveitem a brincadeira!" disseram quase ao mesmo tempo.

Elas foram pegar as lanternas, enquanto vó Cambinda foi chamar o garoto.

Alice ainda teve tempo de mandar um recado, enquanto Cambinda descia as escadas:

– Vó, pede para ele nos encontrar nas ruínas da senzala, o mesmo lugar aonde a gente foi hoje à tarde, tá? Nós sabemos chegar lá.

– Tá, menina, mas na verdade vocês estavam nas ruínas da moenda, antiga casa de moer a cana. A senzala é em outro lugar. Eu falo para ele encontrar vocês na moenda! É ali que moram os vaga-lumes, na moenda!

Alice arregalou os olhos:

– Mas como a senhora sabia onde a gente foi hoje? E por que a senhora não disse nada?

A vó já estava distante demais para escutar. Sumiu na escuridão do jardim.

– Ela deve ter visto a gente lá, né, Maria, só pode ser.

– Tomara que sim, amiga. Não me faça desistir, não me coloque medo.

Elas pegaram um pote de vidro, para colocar os vaga-lumes, amarraram um pedaço de uma rede na ponta de uma vara de bambu – para pegar os insetos voando – e não se esqueceram das lanternas.

Em poucos minutos já estavam fora da casa.

Elas sabiam o caminho, era fácil, apenas seguir reto e, muitos passos depois, diante de uma árvore imensa que se destacava das demais pelo diâmetro do tronco, era só virar à esquerda e andar mais alguns metros.

A luz formava um círculo no chão, e elas faziam um zigue-zague com as lanternas, para ampliar o feixe de luz. O resto era breu total.

De longe a lanterna iluminou o baobá. A árvore de tronco enorme, que veio da África, e essa era especial.

Quando as duas chegaram ao baobá, ouviram uns estalos no chão. Barulho de folhas secas sendo amassadas, pisadas. Alice olhou para a amiga:

– É você, Maria?

– Não, eu estou parada, achei que era você, Alice.

– Então é essa árvore, que de tão velha e pesada, não se aguenta mais em pé e faz esses barulhos.

De repente, uma risada escapa de trás do baobá:

– Ela tem mais de trezentos anos, não se cansa não, é árvore forte e protege a vila e nossa gente também.

E diante das meninas surge Kafil, rindo igual à vó, balançando os ombros, com uma voz calma.

Não escondia o rosto atrás de nenhuma máscara, mas continuava com os cabelos desarrumados.

Ele tinha muito cabelo, desproporcional ao rosto,

que quase escondia os olhos e fazia a testa desaparecer. Mas era um garoto atlético. Só para ir à escola caminhava uma hora inteira; para voltar, outra hora. Tudo ali era distante, transporte só uma vez por dia. Preço da vida longe da cidade grande.

Kafil olhava para elas enquanto apontava o caminho:

– Vamos, por aqui. Vó falou que vocês querem caçar vaga-lumes.

Elas gostaram dele na hora, e Maria se lembrou dele:

– Foi você que eu vi hoje à tarde, não foi?

– Foi! Vocês aparecerem na hora da Bamburucema. Levei um susto, mas vó disse que era para ser assim mesmo.

Elas não entenderam nada, e Alice perguntava sem parar:

– Hora de quê? Era para ser assim mesmo, o quê? O que é Bamburucema?

Kafil parecia atordoado com tantas perguntas, mas parecia também não ter respostas, ou não poder responder ainda. Ele disfarçou e emendou com uma nova pergunta:

– Vocês vão fazer o que com esse negócio?

– Ué, caçar os vaga-lumes. Por quê? Não serve?

– Não mesmo! Isso é para pegar borboletas, vaga-lume é só com um pote de vidro. Vou ensinar a vocês. Mas me deixa dizer antes uma coisa, meu nome é Kafil.

E ele apontou sem errar:

– Maria, e você, Alice. Alice mesmo?

Ela riu:

– Sua vó contou meu nome antigo, né? Mas agora sou Alice.

– Tá bom, Alice.

Ele tomou a lanterna das mãos de Alice e foram para dentro da floresta. No caminho, puxavam conversa, os três:

– Kafil é um nome bem diferente, né...

– É para vocês, que não são daqui, Maria. Kafil para mim é meu nome, e isso é muito importante. É forte, é meu nome.

Alice pensava no seu verdadeiro nome, Aqualtune, também parecia tão diferente que ela ainda não conseguia gostar:

– Seu nome tem algum significado, Kafil?

Ele olhou para Alice e Maria, abriu um sorriso largo, sincero, e respondeu com enorme vontade:

– Tudo por aqui tem significado, aprendam logo isso. Meu nome também. Kafil significa protetor, mas também me acho bem valente.

"Hum, por isso que vó mandou ele aqui, para cuidar da gente", pensou Maria, agora sem medo de nada.

Kafil andava pelo mato com a habilidade de um preá, como a vó mesma comentou. Foi Maria que percebeu:

– Nossa, Alice, olha para ele. Como se movimenta igual a um preá mesmo.

– Maria, eu nunca vi um preá na vida. Parece com o quê?

– Com um porquinho-da-índia, muito fofo.

Alice olhou para Kafil e concordou:

– É, ele é muito fofo mesmo...
Maria sorriu:
– Fofo é? O preá, ou o Kafil?
– Maria, eu nunca vi um preá na vida... então...
As duas riram e seguiram o menino.

Ao mesmo tempo em que era rápido, Kafil tinha uma elegância própria. E a cada obstáculo que surgia, uma pedra ou um tronco atravessado no chão, ele parava e ajudava as meninas com gentileza e paciência.

Maria, quando não tropeçava, escorregava, mesmo andando em terreno plano. Demorava, mas mesmo assim Alice e Kafil andavam junto dela.

Alice continuava com perguntas na cabeça e fez algumas em voz alta:

– Kafil, o que foi aquele vento todo hoje cedo, lá na ruína? Você tava espiando a gente? O que é a tal Bamburucema? Você é quilombola também?

Eles pararam um pouco. Já dava para ver a sombra das ruínas, na penumbra da noite. Logo ali adiante, centenas de vaga-lumes dançavam sobre as pedras e por entre as folhas das árvores, formando um espetáculo de luz.

Kafil sentou por entre os vaga-lumes:

– Olha Alice, eu nasci aqui, mas nem tudo da floresta, da mata, eu sei responder. Eu também sou parecido com você, curioso sobre tudo. Então, quando você me perguntar qualquer coisa, eu não vou falar nem "porque sim", nem "porque não", mas vou responder alguns "porque não sei". Tá bom? Mas vou tentar explicar tudo para vocês, o que eu souber, sempre.

"Nossa, ele é a minha cara", pensou Alice em segredo.

Elas estavam encantadas com ele. O jeito de falar era verdadeiro, e elas confiavam nele.

Kafil continuou:

– Bamburucema é o nome daquele tipo de vento que a gente sentiu e viu no céu. Para nós que viemos da África, é a manifestação de uma deusa, que tem a força da natureza. Para umas tribos da África, essa deusa é chamada de Iansã, para nosso povo, os bantus, é a Bamburucema. Nunca acontece por acaso. Deusa das tempestades, raios e trovões. É força.

– Ah, então é isso? Mudança de tempo!

Kafil olhou para Maria e não disse mais nada. Apenas pensou que ela não entendeu muito. Não era só uma mudança de tempo. Mas não era hora de explicar.

Em seguida seus olhos cruzaram com os de Alice, que apesar de quieta, tinha no rosto uma expressão mais séria, de quem tentava entender mais do que a simples explicação de Kafil.

Ele mostrou como pegar os vaga-lumes, deu um pote de vidro para cada uma, e foram atrás das luzes mágicas.

Para Maria, estava um verdadeiro desastre. Não conseguia segurar o pote com uma mão e pegar os insetos com a outra. Pouca habilidade e nenhuma agilidade. Os vaga-lumes pareciam rodar em volta dela; na verdade eram eles que estavam brincando e se divertindo.

Alice já levava muito a sério tudo aquilo, mesmo

sendo uma brincadeira. Para ela desafio era desafio. Gostava de ganhar dela própria.

Nas primeiras tentativas, correu para um lado e para o outro e, quando viu, estava correndo em círculos. Parou tonta, sem perceber que era ela quem rodava e não o mundo em sua volta. Enquanto voltava ao equilíbrio, os vaga-lumes, por vontade própria, encheram o pote de Alice com suas luzes pisca-pisca. Entravam e saíam freneticamente, provocando gargalhadas de Kafil:

– Alice, vira para a direita! Não você, o pote!

– Maria, segura com uma mão, com a outra você fecha a tampa. Isso.

– Alice, para a esquerda! O pote, Alice, vira o pote para a esquerda, e você para o outro lado!

– Maria, fecha a tampa. Maria, não use as duas mãos ao mesmo tempo, senão o pote vai cair!

Kafil estava cansado. De tanto rir. Quando finalmente desistiram, sem um vaga-lume sequer dentro dos potes, ele resolveu mostrar como se faz.

Ele tinha uma estratégia própria e muita experiência nessa brincadeira. Corria em volta dos insetos, atraindo-os com a luz da lanterna, aproveitando a escuridão em volta dele. De repente parava imóvel, como só ele sabia parar, quase como um tronco de árvore. Apagava a lanterna. Daí em diante era fácil para ele: os vaga-lumes desnorteados iam direto para dentro do pote.

As meninas nem perceberam que estavam bem longe da casa-grande. Longe até das ruínas da moenda.

E a cada demonstração de Kafil, se afastavam mais e mais. Estavam fixadas nos potes, pareciam luzes de Natal, piscando sem parar.

Numa dessas corridas de Kafil, Maria, que vinha atrás dele, tropeçou em uma pedra e caiu. Desapareceu em um barranco de terra e galhos secos. Não dava para ver, mas dava para escutar seu grito de susto e dor.

Alice e Kafil seguraram as lanternas com firmeza e logo acharam Maria, não muito abaixo deles, mas sentada, sem conseguir se levantar sozinha:

– Calma, amiga, Kafil já está descendo aí! Você está bem?

– Alice, meu pé...

A brincadeira acabou. Os vaga-lumes foram embora, e só ficou mesmo a escuridão e a luz das duas lanternas, como o farol de um carro.

Kafil pegou Maria no colo e a levou para cima. Ela estava com uma expressão de susto e dor, muito mais dor que susto.

A planta do pé estava em carne viva, coberta de sangue. Em segundos, o pé também inchou, como uma bola.

Ela tentava explicar como aconteceu:

– Gente, eu torci o pé, pisei numa pedra, aí não consegui me segurar em nada, aliás, não tinha nada mesmo, só esse barranco que eu nem enxerguei. Virei duas cambalhotas e parei lá embaixo. Meu pé...

– Calma, Maria, vamos dar um jeito nisso, né, Kafil?

Ele concordou com Alice. Olhava com tranquilidade

para Maria. Apalpou o pé dela como se entendesse o que estava fazendo, sem apertar demais:

– Não está quebrado, sinto os ossos. Mas você não pode andar hoje, de jeito nenhum.

Maria se apavorou:

– Vou passar a noite aqui? No meio desse mato? Com bichos, insetos, roedores, aranhas, morcegos, cobras... Ei! Pode ter escorpiões!

Ela falava e procurava os tais bichos, cada vez mais nervosa.

Alice tinha que controlar a situação:

– Amiga, calma. Vou ficar com você. Não tem bicho não!

– Ninguém vai ficar aqui. Tem bicho sim, formiga, besouro, bicho-pau, grilo, só insetos. Nenhum monstro não, Maria. Mas a gente não pode deixar esse pé assim, aberto, sem cuidados.

– E como vamos sair daqui então? Você disse que não dá para eu andar e agora tá começando a latejar... ai... tô meio tonta...

Kafil nem esperou ela terminar de falar. Colocou Maria de pé e, de supetão, levantou o corpo dela e jogou Maria nos ombros dele, com rapidez e precisão:

– Vamos!

– Para onde Kafil? Estamos longe da casa-grande.

– Alice, para a vila! Me ajuda aqui com a lanterna, ilumina o caminho para mim.

Ela obedeceu sem perguntar "por que" dessa vez.

Maria ficou quieta todo o trajeto. Sentia o sangue

correr pelo pé, sentia muito medo.

Ninguém disse nada. Dava para escutar os passos de Alice e a respiração de Kafil, ofegante pelo esforço que fazia em carregar Maria. Mas ele não parou nem um minuto, nem para descansar, pegar um ar.

Chegaram à vila.

Em noites de festa ninguém dorme cedo. E na vila dos quilombolas era noite de festa. De longe dava para escutar os tambores numa cadência animada, ritmada. Uma fogueira iluminava parte do céu de laranja.

Alice não fazia ideia do que era aquele barulho, e Maria não escutava mais nada. Quando o corpo relaxou, ainda no colo de Kafil, ela adormeceu.

Alice apenas caminhava, seguindo os passos ligeiros de Kafil. Não era hora de perguntar nada.

Quando se aproximaram da vila, os tambores pararam de tocar. Vó Cambinda, que dançava com outras mulheres em volta da fogueira, levantou o braço e ordenou silêncio.

Ela foi a primeira pessoa a ver o bisneto e as meninas e logo percebeu que tinha acontecido algo de ruim.

As mulheres se sentaram em volta do fogo, respeitando o silêncio que vó mandou, e os homens descansaram os tambores.

Vó Cambinda correu na direção de Kafil e os levou para a casa dela:

– Venham. Vamos colocar Maria aqui.

Ele deitou Maria numa cama simples, de colchão firme. Maria não acordou.

Era a cama da própria vó, que nunca sentiu dor nas costas, e dizia que era por causa da cama dura. Quando criança dormia numa esteira no chão e se habituou assim.

Vó falava com Kafil, enquanto olhava para Maria, olhava mesmo, com muita atenção, para cada parte

do corpo dela:
— O pé quebrou?
— Não, vó. Eu apalpei.
— Ela desmaiou?
— Não, vó. Só dormiu. Ficou muito nervosa.

Alice reparava no diálogo e também no jeito da vó. Só estavam os três dentro da casa. Vó se virou para Alice:
— Você quer ajudar?

Alice balançou a cabeça. Sim, claro que queria ajudar.

A vó mandou Kafil e Alice lavarem as mãos e voltarem com água limpa. Depois apontou para umas plantas que estavam sobre uma bancada:
— Tragam aquelas ervas, água, os pilões e a bacia que está ali embaixo.

Eles obedeceram rapidamente.

Vó Cambinda e Kafil separavam as plantas com um critério que Alice desconhecia. Para ela, eram só plantas, quase iguais. Mas para eles não. Colocavam algumas espécies de folhas e pedaços de cascas de troncos dentro da bacia, e outras plantas eles descartavam.

Alice fez exatamente o que vó pediu. Colocou um pouco de água na bacia com cuidado para não derramar. Em seguida, imitando Kafil, pegou o pilão e, com força, começou a socar as plantas dentro da bacia.

O cheiro forte da mistura de plantas invadiu o lugar. Com os braços cansados de tanto pilar, e depois de muito esforço, uma pasta meio verde, meio marrom se formou.

Maria acordou com uma dor insuportável. Vó

Cambinda lavou o sangue no pé de Maria com água morna e mais alguma coisa que fazia o pé arder como se estivesse mergulhado no sal:

– Como arde! Por favor, faz parar! Tá ardendo demais!

– Calma, Maria. Vou fazer essa compressa. Vai parar de arder.

Vó Cambinda pegou uma folha comprida, verde escuro com traços amarelos, e colocou sobre a ferida. O alívio foi imediato. Além de parar a ardência, a planta deu uma sensação de frescor, e em seguida um formigamento fez o pé anestesiar:

– Essa folha vai acalmar a dor, Maria. Agora conta para a vó, o que houve?

Alice se sentou ao lado da amiga, e Kafil ao lado de Alice.

– A gente estava atrás dos vaga-lumes, eu caí. Sem pegar nenhum vaga-lume sequer.

Enquanto Maria contava para a vó, Alice reparava na casa. Lugar simples, com objetos de barro, vasos e enfeites espalhados pela sala, mas tudo muito bem arrumado. O que chamou mais a atenção de Alice foram as dezenas de máscaras arrumadas em uma estante de bambu. Entre elas, a que Kafil usou naquele mesmo dia mais cedo, e que tanto assustou Maria. Eram máscaras de todo o tipo, algumas bonitas e outras assustadoras, feias mesmo.

Maria falava sem parar:

– ... E foi isso. Aí dormi e acordei aqui. Onde estou? Na sua vila?

– A gente estava longe demais da casa-grande, eu nunca iria conseguir levar as meninas para lá. Além do mais, ela precisava dos seus cuidados, né vó?
– Fez muito bem, Kafil. Sim, Maria, você está em casa, na minha casa.
– Obrigada, vó, Kafil. E Alice também.
Alice deu um sorriso de amiga e finalmente falou, sem respirar:
– De nada. Ô vó, o que era o barulho de batidas lá fora? E toda aquela festa na fogueira? E essa pasta que a gente preparou, serve para quê? E essas máscaras são só enfeite ou vocês usam?
Vó riu de tantas perguntas:
– Menina...
– Ih, vó, ela é assim mesmo, confunde a gente.
Os dois, vó e seu bisneto se olharam, deram aquela risada e balançaram os ombros no mesmo ritmo. Vó pegou a bacia:
– O mais importante agora, Alice, é cuidar de Maria. Essa pasta é como se fosse uma pomada para cicatrizar. As pessoas que moram nas cidades, compram remédios em farmácias, nós, aqui no quilombo, fazemos com plantas medicinais. Te garanto, menina, que pela manhã essa carne viva do pé vai estar seca, começando a fechar.
Alice se imaginou entrando numa farmácia e comprando pomadas, remédios. Era assim que estava acostumada. Tudo arrumado nas prateleiras, à disposição dos clientes. Ali no quilombo, no meio do mato, isso

seria impossível, e valia mesmo a sabedoria que os moradores aprenderam com seus antepassados escravos, sabedoria da floresta. Alice olhou para aprender um pouco também.

Vó pegou com as mãos um punhado daquela pasta, tirou a folha do pé de Maria e espalhou bastante daquele creme de cor indefinida:

– Agora deixa o pé quieto, para a planta trabalhar no ferimento. Só falta uma coisa.

Ela foi em direção à estante de bambu, procurou uma máscara específica:

– Hum... cadê?

Alice logo se meteu e pegou uma das máscaras:

– Serve essa?

– Essa? Não, essa não serve agora. Mas você gostou dela? Vou guardar para você usar na hora certa, menina. Pronto, achei. É esta aqui.

Alice grudou os olhos na Cambinda e pensou "que hora certa é essa em que eu vou usar a tal máscara?"

Vó pegou uma máscara feminina, delicada. Colocou sobre o rosto, acendeu um galho seco e soprou a fumaça no ferimento.

***

De novo Alice ficou sem entender. Estranhamente, porém, não sentiu nenhum medo, apenas curiosidade.

Kafil, percebendo o olhar intrigado das meninas, tentou explicar:

– Isso é um ritual de cura. Ela tá fazendo uma reza, bem baixinho, pedindo proteção. Vó cuidou do machucado, agora tá cuidando das forças que a gente não vê com esses olhos. Ela está pedindo a proteção e a sabedoria de Katendê, um deus, o senhor das jinsaba, das folhas. Ele conhece o segredo das ervas medicinais.

– Hum... O cheiro dessa fumaça é gostoso, mas o que a gente não vê? Existe?

– Claro, Alice. Você vê o vento? Você enxerga o que ele sopra, a poeira que ele levanta, o balanço das árvores. É o vento que a gente sente agitar os cabelos, não é?

Alice gostou da resposta:

– É, isso é. Então existe mais do que nossos olhos conseguem ver, né?

Ela ficou com seus pensamentos.

***

Maria estava relaxada. Realmente a energia da vó fazia bem a ela.

Alice também ficou tranquila. Tanto que falou baixinho, quase sussurrando para não atrapalhar a vó:

– Nós vamos ficar um tempo aqui, até Maria conseguir andar, né? Sabe, Kafil, vocês podiam então contar algumas histórias daqui. Sonia falou que tem muitas lendas, é tudo tão diferente.

Ela se lembrou da festa:

– E a festa? Acabou? Ou podíamos, de repente, ir para a festa, Kafil?

Pelo silêncio, parecia que sim, que tinha acabado mesmo.

Vó, que soprava ainda a fumaça, não deixou de escutar a conversa dos dois:

– A festa acabou, menina, por enquanto. Você quer ouvir as histórias daqui? Vou contar. A que gosto mais é a história de uma princesa, que para nós, aqui desse quilombo, não é só lenda não.

Alice se empolgou:

– Oba, vou adorar ouvir, vó! É de verdade, quer dizer, essa princesa existiu?

De novo, sem responder, vó riu com os ombros:

– Se ajeitem.

Alice se deitou em uma rede, e Kafil em outra bem ao lado. Vó se recostou e, para não incomodar Maria, apagou a luz, acendeu umas velas, e Maria se virou de lado, para prestar atenção.

– Fechem os olhos e prestem atenção na minha voz.

A luz das velas projetava sombras e desenhos nas paredes. Uma dança de luzes. Alice, Maria e Kafil olhavam para as paredes, mas sem se distrair da vó. Escutavam cada palavra que ela dizia:

– Essa não era uma princesa como todos imaginam ser uma princesa. Ela era outro tipo de princesa, de um reino diferente. O reino do Congo.

– Esse reino existiu? Ou é lenda?

– Existiu sim, Alice. Mas sem castelos, torres, vestidos longos. E, ao contrário dos contos da fada, sem finais felizes:

"Fazia muito calor no reino do Congo. Era um lugar enorme, cercado por montanhas e rios, e o rei, chamado de Manicongo cuidava para que o povo vivesse bem. As pessoas tinham a pele negra, eram fortes e bonitas. E adoravam se enfeitar. Trabalhavam na agricultura, criavam animais e sabiam usar o metal para fazer ferramentas e esculturas.

A princesa desse reino era linda, mas também forte e guerreira.

Ela pertencia à nação Bakongo e falava uma língua bantu, da África, chamada kikongo.

Ela também protegia o reino dos invasores que queriam tomar o lugar. E muitos queriam.

Os inimigos eram de tribos de outras aldeias africanas, que falavam outras línguas, e tinham uma cultura completamente diferente. Essas tribos eram atraídas pela ideia de que o rei do Congo mantinha um verdadeiro tesouro em ouro e diamantes, além do marfim.

Durante anos a princesa lutou, se feriu, mas saiu vitoriosa, junto com o rei e seu povo.

Certa noite, porém, uma batalha terrível mudaria a vida de todos eles, principalmente da princesa.

Quando ela acordou no meio da madrugada, se viu diante de um exército de milhares de homens, armados, lutando para dominar sua tribo.

Logo descobriu que seu pai estava morto, então cabia a ela liderar a batalha. E ela lutou, já que era uma das mais corajosas mulheres do seu tempo.

A princesa comandou quase dez mil homens nessa

batalha. Vocês podem imaginar?"

Alice tinha os olhos bem abertos. Não sabia se era pela história, que era boa mesmo, ou se pela maneira que vó contava, com suspense, além da voz, que era boa de ouvir. Alice imaginava sim, como era a princesa. Imaginava o rosto e o corpo dela, o reino, tudo.

Vó continuou:

"Mas dessa vez os invasores não eram só os guerreiros de tribos africanas, armados com objetos de metal que eles mesmos cunhavam, espadas e punhais.

Eram também os brancos, os portugueses, armados com armas de pólvora, de fogo, que queriam mais do que ouro, diamantes ou marfim. Queriam os negros.

Depois de lutar pela vida, a princesa olhou para os lados, estava exausta, as pernas tremiam, as mãos sangravam e os olhos ardiam por causa da fumaça negra vinda do fogo que os brancos atearam nas casas. Seu reino estava arrasado, seu povo dizimado. Mas ela não iria desistir. Agachada atrás de um tronco largo, chamou os três últimos guerreiros da tribo que estavam ao lado dela. Falava rápido:

– Por aqui. Vamos nos embrenhar nesse mato.

Ela tinha as pernas longas, compridas, que sustentavam um corpo bem musculoso. As mãos eram ágeis, até delicadas naquele corpo tão forte. Sua voz era incrível. Voz de comando, lisa, grave, mas doce. Acalmava. Os cabelos sempre ficavam presos e arrumados como devem ser os cabelos de uma princesa, seguros por uma tiara dourada. No pescoço, trazia vários adereços, colares de metal e contas. Mas nesse momento não estava assim. A tiara, presente do pai, estava dentro de um saco de tecido rústico, como uma juta, amarrado nas costas, junto com um pequeno recipiente com água, de que certamente precisaria, e com alguns cordões também guardados nesse saco. Também não se esqueceu de guardar seu amuleto, um verdadeiro tesouro: uma escultura em marfim que representava a guerreira e o reino do Congo.

Só sabia lutar sem enfeites no corpo. Na hora de lutar, ela não era a princesa, a filha do rei, com mais importância do que os outros. Era igual às guerreiras mulheres, lutando para defender o reino do Congo.

Naquela noite ela usava uma veste simples, vermelha, como um vestido curto, e nos pés um calçado de couro feito com pele de um mamífero.

Os três homens seguiram a princesa. Corriam por entre os galhos que lhes arranhavam os braços e o rosto, provocando queimaduras e futuras cicatrizes.

Não tinham mais como ficar ali. Se ficassem, morreriam ou seriam capturados. Para alguns, era melhor morrer do que ser capturado pelos portugueses. Foi a própria princesa quem ordenou que todos fugissem para longe, quando viu que não tinham chance de vencer. Não queria ver seus homens e mulheres presos.

Só ficaram aqueles três, amedrontados, acuados.

A princesa não tinha tempo a perder. Os brancos

pareciam cães de caça atrás deles. E eram muitos. Eles chegaram à beira de um rio, e a única chance era atravessar para a outra margem, mesmo com a correnteza forte.

Eles pularam no rio, todos juntos, de mãos dadas, mas a força da água os separou. Não conseguiam mais se ver na escuridão da noite. Gritavam, para não se perderem uns dos outros. Mas a correnteza era forte e traiçoeira, e os gritos foram se perdendo junto com cada um deles. As vozes ficaram fracas e de repente sumiram.

A princesa quase se afogou, engoliu água, afundou várias vezes, mas conseguiu se agarrar na raiz de uma árvore e se salvou.

Mas não dos portugueses, que estavam ali, de pé, numa emboscada, cercando o rio nas duas margens.

Ela foi capturada, sequestrada. Não teve mais forças para reagir."

Alice já não estava mais deitada na rede. De coluna ereta, sentada e com as mãos apoiadas no joelho, ela não perdia uma vírgula da história. Maria também parecia hipnotizada, já nem se lembrava do machucado no pé, e Kafil ainda atento às sombras que as luzes desenhavam nas paredes.

Vó fez um silêncio. E uma expressão de tristeza. Parecia olhar para o passado.

Alice também olhou com tristeza para a vó:
– Quando foi que essa história aconteceu?
– No ano de 1600, lá na África.

– E para onde os portugueses levaram a princesa?
– Para um navio. Um navio negreiro. Também chamado de navio tumbeiro, onde, nos porões, os escravos eram transportados. Vários morriam durante a viagem.
– E ela viajou nele? Ela sobreviveu?
– Sim.

Nesse momento, Kafil se virou. Olhou para as duas, como se quisesse ouvir aquela conversa. Maria também fez o mesmo movimento.

Alice então continuou:
– E a história acaba assim, vó?
– Não, menina, está apenas começando.
– E ela foi para onde?
– Para o Brasil. Para cá.
– E você sabe o nome dela, da princesa?
– Claro que sei.
– E você vai contar para a gente?
– Sim.

Ela fez uma pausa. Encarou Alice:
– O nome dela era Aqualtune. Foi uma princesa, no Congo, mas virou escrava no Brasil. Escrava Aqualtune.

É impressionante como confiança se perde em segundos. Alice sentiu um frio na espinha e um medo tomou conta do corpo dela. Aqualtune? O mesmo nome dela, e que ela tanto rejeitava.

Ela queria ir embora dali naquele momento. Se aquilo não foi coincidência, ela foi atraída para aquele lugar de propósito. Mas só estava ali por causa do acidente de Maria, que foi realmente um acidente, não aconteceu de propósito. E para Alice, Kafil não parecia capaz de enganar ninguém. Ela não sabia o que pensar e muito menos o que dizer. E por que vó Cambinda foi contar logo essa lenda, se ela própria sabia tantas outras? Por que não contou a história do tal Calabar, o soldado que traiu os portugueses, como contou Sonia?

Vó, ao contrário de Alice, sabia o que dizer. E queria responder as dúvidas que estavam estampadas no rosto de Alice.

Ela olhou para Alice de maneira doce, com um carinho de avó, levantou e foi ao encontro da menina. Sentou bem ao lado dela, enrolou a saia branca com as mãos e prendeu o tecido nos joelhos. Acariciou o rosto de Alice. Parecia ler pensamentos:

– Querida menina. Eu não escolhi essa lenda por acaso, claro que não. Também vou te dizer uma coisa sobre mim: eu não minto. Nunca.

E ela continuou:

– Não desconfie do que você não conhece. Aprenda, escute, sempre temos o que aprender. O que você está vendo aqui é uma cultura diferente da sua, nós somos descendentes dos irmãos africanos, temos outros hábitos, não é ruim, é diferente.

Alice não estava mais com medo. Continuava intrigada:

– Olha, vó, eu estava gostando de ouvir a lenda, mas saber que a escrava tinha o mesmo nome que o meu... achei estranho; aliás a senhora foi esquisita algumas vezes. Parece que está escondendo alguma coisa, sabe? Ao mesmo tempo eu adorei a história da escrava. Queria realmente ouvir até o fim, mas não sei... Se você me contar o porquê dessa lenda, eu penso se quero ouvir mais.

Vó Cambinda sorriu. Gostou da sinceridade da menina.

Alice tinha mais uma coisa para falar:

– Mas, vó, assim como a senhora disse que nunca mente, eu vou dizer uma coisa: não adianta responder "porque sim" ou "porque não". Então me diga por que logo essa lenda, a da escrava Aqualtune.

Maria e Kafil também queriam saber.

– Essa é uma história cercada de mistérios, menina, mistura verdades e lendas. E ainda não terminou.

– Como assim não terminou, vó?

– A princesa Aqualtune veio para o Brasil em um navio negreiro. De uma hora para outra ela deixou de ser princesa e virou escrava. Foi maltratada, embarcou em um dos milhares de navios cheios de negros escravos saídos da África. Uma viagem que durava meses, e os homens, mulheres e até crianças eram amontoados nos porões desses navios. Ela era forte, e então serviu como escrava reprodutora, valia mais dinheiro se estivesse grávida de um futuro escravo. E foi grávida que chegou aqui, no Brasil. Ela foi comprada pelo homem que era senhor desse engenho aqui, ela viveu nesse lugar, mas conseguiu fugir, mesmo grávida.

– E o que aconteceu com ela, fugiu para onde?

– Para o Quilombo dos Palmares. Vocês sabem, o maior quilombo da história do Brasil. Milhares de escravos fugidos formaram uma sociedade lá. Era enorme, e Aqualtune, por ter sido princesa na África, aqui também foi importante, ela era muito respeitada. Tinha um mocambo lá no quilombo.

– Mocambo? O que é isso?

– Menina, eram povoamentos dentro do quilombo, e Aqualtune, por ser uma princesa na África, era líder de um desses espaços. Você ouviu falar em Zumbi? Ele era neto dela!

– Sério? Zumbi dos Palmares? Aqualtune era a avó de Zumbi?

– É, Maria. A escrava Aqualtune fugiu desse engenho, mesmo grávida, e ficou no Quilombo dos Palmares até morrer. Mas deixou um rastro de mistério, e diz a lenda que uma menina de nome forte como o dela iria fazer a história se tornar verdade.

Alice arregalou os olhos:

– E essa menina? Sou eu?

– Alice, só pode ser você!

Todos pararam. Maria, Kafil e vó olhavam para Alice, que arregalou os olhos:

– Eu? E o que eu tenho com isso? Fazer uma lenda se tornar realidade? Como?

– Encontrando um mapa, menina. Quando foi trazida para cá, a escrava Aqualtune usava um saco de juta, que é um tipo de tecido grosso, amarrado no corpo. Ela cuidou para não perder, de jeito nenhum. A lenda diz que dentro desse saco, além da tiara de princesa toda de ouro e diamantes, havia também uma estátua de marfim que era símbolo do seu reinado no Congo. Essa estátua é a prova da existência dela, e de todo um reinado. Será a única desse tipo no mundo.

– E esse tal mapa?

– Quando a escrava Aqualtune chegou aqui, nesse engenho, ela enterrou os objetos, para não ser roubada, e escondeu em um lugar tão difícil, que fez um mapa para ela nunca perder. Um lugar que mudaria com o tempo. O mapa ficou escondido em algum lugar por aqui. Mas na fuga para o Quilombo dos Palmares, ela não teve tempo de pegar o mapa e nunca mais voltou para pegar suas coisas, seria muito arriscado. Nós acreditamos que pode estar em algum lugar na casa-grande. Já procurei por todos os lugares, durante anos, mas nunca encontrei.

– Como você sabe isso tudo, vó?

– Minha mãe me contou, a mãe dela contou para ela, é assim uma lenda. É uma tradição oral. A escrava Aqualtune contou para os filhos e, passando de geração em geração, a história nunca morreu.

– E para que a vó quer essa estátua? Por que a lenda não acabou?

Os olhos de vó Cambinda brilharam. Estavam cheios de água.

– Eu sou a pessoa mais velha daqui. Uma vez, menina, um homem veio aqui, há muito tempo. Era um historiador, queria ouvir histórias do quilombo. Quando eu contei para ele a lenda da escrava Aqualtune, o homem disse que se encontrássemos o que ele chamou de "tesouro", a estátua e a tiara, nosso quilombo teria uma importância cultural imensa. Ele disse que poderíamos transformar esse lugar até em um museu do quilombo, para mostrar a história do nosso povo para o mundo inteiro. Assim, a história nunca será esquecida. Mas eu estou cansada.

A luz das velas enfraquecia, quase apagando.

– Minha mãe sabe disso? E Kafil sabia?

– Não, Maria, nunca contei para seus pais. Isso foi há muito tempo. Quando seus avós morreram, Maria, sua mãe ficou muito triste, não era hora de contar. E eles nunca mais apareceram. E antes Kafil era uma criança, agora ele já pode saber. Mesmo sendo difícil, meu neto, mas você deve entender. Eu estava quase sem esperanças, mas agora vocês chegaram, e ainda com você, menina, tudo mudou.

– Me chama de Alice, vó.

– Não consigo. Olho para você e penso no seu verdadeiro nome, menina: Aqualtune. Estou sendo sincera.

– Eu sei, vó. Me chame de menina então. A senhora tá muito triste agora. Por quê? Eu que devia estar preocupada. E a lenda? Como termina? Essa tristeza tem a ver com o final?

Cambinda suspirou tão profundamente que a vela se apagou. Ficaram no escuro:

– Você é muito inteligente e esperta. Tudo tem sua hora. A lenda diz que você iria chegar e eu iria partir. E

que nunca mais a história de Aqualtune seria esquecida.
– Partir? Para onde a vó vai?
– Estou muito velha, menina. Todo mundo tem sua hora de partir. A minha está chegando.
Kafil pegou as mãos da Cambinda:
– Não, vó...
– É assim que tem que ser, meu neto. Se a lenda se confirmar, vou partir tranquila, Kafil. Tem que ser assim.
Alice não entendeu:
– Vó, para onde a senhora vai?
Agora foi Maria, com os olhos vermelhos, que pegou nas mãos de Alice:
– Ela está bem velha, amiga.
Alice não acreditou:
– A senhora vai morrer? Esquece essa história toda. Não sou eu a tal menina, de jeito nenhum! Maria, você consegue apoiar o pé no chão? Acende a luz, Kafil!
Cambinda ficou de pé. Achou que era a hora de cantar a lenda, era assim que ela sabia fazer e, contou a rima com a voz doce, como se cantasse uma música:

A guerreira lutou pelo seu povo
Na África e no Brasil
E fugiu para um reino novo
Num lugar de riquezas mil

Acreditou na liberdade
Defendeu essa bandeira

Lutou contra toda crueldade
E fez essa lenda verdadeira

Ela se chamou Aqualtune
Era a avó de Zumbi dos Palmares
Símbolo da resistência dos escravos
Zumbi, um dos heróis mais populares

Ela morreu sem esquecer o Congo
Guardou por toda a vida um segredo
Sua história, num futuro tão longo
Dependia de uma guerreira sem medo

Antes da terceira Bamburucema, Aqualtune vai voltar
E consigo, o tesouro ela vai trazer
E o mundo inteiro vai conhecer
A história de um povo que vai se revelar

Mas se Bamburucema vencer
Um povo inteiro ficará sem voz
Nunca ninguém vai saber
Que diante dessa força feroz
Tudo que era valioso
Se transformará em misterioso

A semente virou um gigante
Lugar mais seguro não há
E quando ela olhar para o céu
Saberá no mesmo instante

Onde Aqualtune guardou
O tesouro tão importante.

Alice, de olhos arregalados, nada falou, estava nervosa demais.

Ela pegou Maria pelo braço, Kafil finalmente acendeu a luz.

– Você leva a gente, Kafil? Quero chegar à casa-grande antes de Sonia e Eduardo acordarem. Tchau, vó.

Vó acenou com a cabeça:

– Te espero mais tarde, menina.

– Não volto mais não, vó. Não gostei dessa lenda, nem um pouco.

– Volta sim. Junto com outra Bamburucema, com a tempestade. Eu sei que você vai voltar.

Saíram os três, e deixaram a vó ali, quieta.

O dia clareava rapidamente, e sem nenhuma nuvem no céu. Eles caminhavam atordoados com tudo que ouviram. Maria mancava, mas já era capaz de andar sozinha. Impressionante mesmo aquela mistura de plantas medicinais que vó usou. A ferida estava praticamente seca, sem a aparência feia de antes.

Alice sentia raiva. Na verdade vários sentimentos se misturavam dentro dela, mas a raiva era o mais forte deles. Ao mesmo tempo em que a história da escrava Aqualtune a fascinou, Alice sentia um peso nos ombros, uma responsabilidade que não queria. Enquanto andavam, ela balbuciava:

– Imagina... eu tenho que fazer parte dessa lenda? Se eu disser que não quero, deixo de ajudar a vó, e ela precisa de mim. O que eu faço? O que vocês fariam no meu lugar?

Maria e Kafil se olharam e foram opostos nas opiniões:

– Eu não faria nada! – exclamou Maria.

Kafil também foi rápido na resposta:

– Eu ajudaria a vó e o nosso povo. Eu nunca soube dessa história toda, Alice. A vó contava sobre a escrava Aqualtune, que era uma guerreira, uma mulher forte, e que Zumbi era neto dela, mas não falava mais nada. Mas vó sempre ficava triste quando contava essa lenda. Agora eu sei o porquê daquela tristeza. Mas Alice, eu estou do seu lado.

– Eu também, amiga. Mas acho que a decisão é sua.

Alice só queria passar uns dias diferentes e legais

com os amigos. Essa era a intenção daquela viagem. A aventura máxima era caçar os vaga-lumes à noite, coisa que não deu muito certo, mas foi divertido. Agora estava diante de um dilema.

– Vou pensar. Agora acho que a gente precisa descansar. Kafil, fica aqui, dorme um pouco.

– Não, vou voltar para a vila. Mais tarde eu venho ver vocês.

Ele deu um beijo no rosto de Maria, com amizade, mas em Alice foi diferente. Na hora que Kafil foi dar um beijo na bochecha, ela virou o rosto para o lado errado sem querer. Ele foi em direção a outra bochecha, mas ela tentou consertar o lado e se virou novamente. Aí foi uma confusão de bocas e bochechas, que deixou os dois vermelhos e totalmente sem graça. Rolou um clima, mas não rolou o beijo.

As meninas entraram na casa-grande em silêncio, para não acordar ninguém.

Tomaram um banho, e Maria se jogou na cama, não sem antes secar o machucado, que já não incomodava tanto.

Dormiu em segundos, com a cara enfiada no travesseiro, e roncando profundamente.

Alice não. Olhos abertos, grudados no teto, mas o olhar estava bem distante dali. Olhava para dentro, pensava na lenda, na vó e em Kafil. Aliás, pensava muito no jeito doce de Kafil. Mais do que no resto. Seus olhos pesaram, e seu corpo relaxou.

Através da janela do quarto, vê seu amigo Orelha

chegando. Vem de carona com os pais dele, mas só uma carona mesmo, eles nem descem do carro. Se despedem do filho, e Guilherme logo se pega impressionado com a beleza daquele lugar, olha para cada detalhe.

Alice corre em direção ao amigo, mas quando chega perto, repara que ele não tem nenhuma bagagem, nem mochila, nada:

– Ué, você não trouxe nada?

– Claro que sim, trouxe.

Ele tem um tom estranho na voz. Parece bravo, e ela não entende. Logo o Guilherme, que é sempre tão legal.

Orelha se vira para ela e mostra que nas costas carrega um saco de juta, velho, sujo. Ele coloca a mão dentro, procurando alguma coisa. Tira do saco a tiara dourada da escrava Aqualtune, bem amassada e sem brilho, e a escultura, toda quebrada:

– Você não tem escolha, Alice, vai ter que consertar tudo isso!

Diante dos objetos e da agressividade dele, Alice acorda. Só entendeu que era um sonho quando acordou.

Sentiu um alívio, respirou fundo e viu diante da janela o carro dos pais do Guilherme se aproximando.

Ela se levantou com pressa e correu em direção ao amigo. Ele estava igual ao pesadelo, olhando para a casa, reparando cada detalhe. Não tinha nenhuma bagagem, e ela não aguentou:

– Ué, você não trouxe nada?

– Claro que sim, trouxe.

Ele se virou, e pendurada nas costas mostrou uma

mochila toda colorida, de *nylon*, moderna:

– É que não sou que nem vocês, garotas, que carregam o mundo para onde vão. Tá tudo aqui! Bermudas, camisetas, binóculo, apito.

Ela relaxou:

– Apito?

– Apito sim. Vi em um filme outro dia, uma mulher quase afundou no mar, e só se salvou por causa do apito. Era noite, maior sufoco, Alice.

– Titanic, Orelha? Era Titanic!

Ela começou a rir dele:

– Aqui não tem mar perto não, mané...

– Mas tem rio, floresta. Deixa meu apito aqui, garota.

Eles se abraçaram e deram beijos nas bochechas, sem errar o lado do beijo. Alice e Orelha sempre foram amigos:

– Cadê a Maria?

– Dormindo. Tenho tanta coisa para te contar...

– Vamos dar uma volta então. O que vocês fizeram ontem? Caçaram vaga-lumes? Aqui é irado, hein...

Eles foram em direção às ruínas e ao riacho.

Enquanto caminhavam, Alice contou tudo sobre a noite anterior. Sem cortar qualquer detalhe.

Guilherme ouviu com atenção, sem falar nada antes que ela acabasse. Por fim ela parou de falar e perguntou:

– E aí, o que você achou disso tudo, Guilherme?

– Nossa. Calma, tenho que responder agora?

Guilherme era um cara cheio de amigos. Fazia

amigos com naturalidade, era engraçado, mas também sabia falar sério. E tinha uma coisa que só os amigos de verdade têm: ele dizia o que pensava, era sincero. Mas como qualquer pessoa, também tinha seus defeitos. E o defeito dele era chato de aguentar: a vaidade. Era vaidoso demais, adorava dar uma de sabe-tudo, não escondia esse jeito de dono da verdade. Dava opinião sobre qualquer assunto. Ou seja, falava demais, e às vezes ouvia de menos.

Chegaram à beira do riacho. Jogaram os pés na água, mas era gelada demais para molhar acima dos tornozelos. Orelha ainda pensava em tudo que ouviu da amiga:

– Eu não queria estar no seu lugar. Mas esquece essa história, vamos é nos divertir aqui. Além do mais, Alice, é só uma lenda de uma escrava que viveu aqui no século XVII, pensa nisso! Lendas são fantasiosas, e de repente é tudo coisa da cabeça dessa tal vó Cambinda.

Alice adorou escutar tudo isso. Achou mesmo que era tudo maluquice da vó. Ou pelo menos achou melhor pensar assim.

Eles resolveram voltar para a casa-grande, acordar Maria e tomar um belo café da manhã. As barrigas já reclamavam de fome.

Chegaram bem na hora. Maria já estava na mesa, cercada de pães, geleias e sucos, acompanhada dos pais, Sonia e Eduardo.

Maria já tinha contado sobre o acidente, o machucado no pé, e falou da sabedoria de vó Cambinda, que cuidou dela com carinho, mas omitiu todo o resto, não falou da lenda, nem da escrava Aqualtune.

Maria abriu um sorriso gigante quando viu Guilherme entrar pela sala. Eles se gostavam, ficaram algumas vezes, mas ainda não eram namorados. Mas para ela era só uma questão de tempo para ele se tornar seu namorado. Se ele não quisesse, não estaria ali, passando aqueles dias com ela.

Eduardo e Sonia tinham muito o que fazer. Precisavam ir à cidade mais próxima, uns dois quilômetros dali, para contratar todos os serviços da obra que queriam realizar no engenho. Já tinham feito contato por telefone com um superbem recomendado arquiteto, Arlindo, que chegaria em breve.

Alice, Orelha e Maria estavam famintos.

Devoravam os bolos, experimentavam os sucos e ainda respondiam ao questionário dos pais de Maria, principalmente Eduardo:

– Que aventura, hein, Alice, já soube de tudo!

Alice estampou um susto no rosto:

– Tudo? Tudo o quê?

– Ué, o acidente com a Maria, e o segredo da vó Cambinda.

– Segredo? Mas... e você acreditou, Eduardo?

Alice olhava para Maria, que olhava para o pai, que olhava para Alice:

– Claro! Claro que acreditei! Estou vendo a cicatrização do pé da Maria, incrível. Que plantas a vó usou no machucado? Segredo de quem conhece a natureza, de gente sábia, Alice.

Alice suspirou:

– Ah, é disso que você esta falando... das plantas!

Eduardo se confundiu:

– Por quê? Tem algum segredo que eu não sei?

Sonia olhou para Alice, que não sabia o que dizer. Nesse momento vó Cambinda apareceu, com um prato de cuscuz nas mãos e desviou a conversa:

– Menina, olha aqui, prometi e trouxe. Bom dia, Sonia, Eduardo. Souberam de ontem? Essas crianças aprontam!

Ela deu a famosa risada, de ombros.

Sonia agradeceu os cuidados da vó, que retribuiu com um abraço:

– De nada, dona Sonia, as meninas são como minhas netas. Só tratei a ferida. Não podia infeccionar, não é?

Guilherme ficou curioso. Analisava a Cambinda dos pés à cabeça. Não parecia nada esquisita. Parecia sim uma avó bem simpática.

Vó serviu o doce para todos, estava delicioso, desmanchando na boca e crocante ao mesmo tempo, por causa do coco.

Alice ficou com medo que vó falasse qualquer coisa a mais, mas ela não falou nada. Parecia mais alegre do que antes, e a única frase que disse, deixou Alice sem graça:

– Kafil disse que vem mais tarde, encontra vocês nas ruínas.

Café acabado, farelos espalhados sobre a mesa, e Sonia e Eduardo foram para a cidade. Passariam o dia fora.

Os três, Maria, Orelha e Alice foram finalmente conhecer o engenho direito. Dessa vez não confundiram a senzala com as ruínas da moenda, eram totalmente diferentes.

A senzala estava de alguma maneira conservada, tinha chão de terra batida, algumas janelas com grades velhas e enferrujadas e um ar preso, denso. Lugar abafado, sufocante.

Difícil imaginar que os escravos viviam ali, sem qualquer conforto. Dormiam no chão, em esteiras de palha, homens, mulheres e crianças. Acendiam um fogo para se aquecerem e iluminar o ambiente, e eram vigiados o tempo todo por feitores armados. Não tinham direito a nada. Trabalhavam dia após dia nos canaviais.

Mas foi um objeto diante da senzala que impressionou Alice:

– Vocês estão vendo isso?!

Era um tronco grosso, bem no centro do terreno.

Orelha sabia o que era:

– Nossa, um pelourinho. De verdade!

Para Maria era um tronco grosso, fincado na terra:

– O que é isso?

Orelha chegou bem perto do tronco:

– Maria, os portugueses, donos das fazendas, castigavam os escravos com a maior crueldade. Amarravam os negros neste tronco que chamavam de pelourinho e chicoteavam sem dó, na frente de todo mundo.

– De verdade?

– Totalmente verdade.

Alice não aguentou:

– Será que a escrava Aqualtune viveu aqui? Fugiu grávida daqui? Estamos em um lugar de muita história, né? Incrível.

– Incrível é vocês terem o mesmo nome! Você tem o nome de uma guerreira! Isso que é história.

– Não, Orelha, sou Alice, mas confesso que Aqualtune não é tão ruim como eu achava antes. É como fala meu pai, um nome "forte", e minha mãe, "diferente". Imagina, aquela princesa presa, levada para um outro país, como escrava. Nunca mais voltou para a África, nunca mais viu seus parentes. Era assim com os escravos, eram separados da família. Depois que soube da escrava Aqualtune, achei o nome bonito. Mas continue me chamando de Alice.

– Eu sempre achei seu nome muito maneiro. E o que você decidiu? Sobre a lenda, e ajudar a vó Cambinda?

– Nada ainda, Orelha. Não quero decidir nada.

De repente eles escutam um assobio comprido e afinado, vindo do lado das ruínas. Alice sabia de quem era:

– É Kafil!

Fazia um calor de rachar, e eles decidiram caminhar sem pressa. Melhor do que gritar era sacar do bolso da bermuda o superapito de Orelha:

Ele inspirou e deu uma soprada mais forte e mais

comprida do que Kafil.

A partir daí foi uma verdadeira guerra de sons.

Cada um do seu jeito, de lá para cá, de cá para lá. As meninas riam do jeito compenetrado de Orelha, que parecia se comunicar muito bem com Kafil.

Logo estavam diante das ruínas e de Kafil.

Guilherme achou Kafil metido, marrento.

Kafil achou Orelha marrento, metido.

Mas se cumprimentaram com alguma educação. Foi Kafil quem estendeu a mão primeiro:

– Oi, como vai?

– Bem, cara, e você? Cadê seu apito, me deixa dar uma olhada, o som é forte.

Kafil mostrou a mão:

– Apito? Não, eu usei esses dedos aqui, ó. Você tem um apito? Achei que o seu era o dedo também. Posso ver esse apito?

Guilherme mostrou, mas sem entregar o objeto nas mãos de Kafil.

Maria tratou de apresentar os dois:

– Kafil, esse é o Guilherme, o Orelha. Guilherme, esse é Kafil.

– Posso te chamar de Orelha?

– Pode, e eu posso te chamar de Cabelo?

O clima ficou estranho.

Kafil não entendeu:

– Não. Me chame de Kafil, esse é meu nome.

– Me chame de Guilherme, esse é o meu.

Não se olharam mais. Mas Kafil não perdeu a simpatia:

– Alice, vocês foram à senzala?

– Nossa, vi até o pelourinho. Que lugar. Tem cachoeira aqui, Kafil?

– Tem sim. Mas o rio é traiçoeiro, tem correnteza. Querem ir lá?

– Com esse pé ainda não consigo. Vamos amanhã.

O dia passou rápido, entre caminhadas pelo engenho e uma verdadeira degustação de frutas tiradas do pé. Comeram mangas, jabuticabas e dezenas de pitangas maduras, suculentas.

Kafil explicava tudo sobre aquele lugar, e fazia questão de tratar Guilherme com simpatia.

Foi a primeira vez que Orelha não teve muito o que dizer, já que não tinha a menor intimidade com mato, árvores e toda essa natureza. Mas como era um garoto interessado pelas coisas, se pegou no maior papo com Kafil, entre uma pitanga e outra e resolveu também ser mais simpático:

– Vocês fazem o quê nos finais de semana?

– A gente faz muita festa na vila, Guilherme. São festas tradicionais, a gente dança maracatu e congado. E vocês?

Orelha encheu o peito. Ele adorava uma festa:

– Também fazemos festa, mas outro tipo de *night*.

– Como?

– *Night*, Kafil, tipo balada, boate. Pô, cara, a gente dança. Festa, ué, para escutar música pop, tem até *funk*.

– Nossa, nunca fui numa dessas. Eu levo vocês numa festa da vila, vocês vão adorar o congado. Aí, um dia eu vou com vocês numa *night*, combinado?

Eles riram e bateram as mãos. Estava fechado.

Kafil estava gostando do papo:

– Nas nossas festas tem o som do batuque do zabumba, um tambor muito legal. E a gente faz uma dança especial, de reis e rainhas. Vem lá da África. As roupas também são especiais, lindas e coloridas. Às vezes a dança parece uma guerra, entre brancos e negros. É lindo de ver, e vocês são meus convidados.

Orelha adorava ler e já tinha estudado na escola um pouco da cultura africana, mas a diferença é que só conhecia através dos livros. Agora era a oportunidade de ver, ao vivo. "E por que não ir?", ele pensou, e aceitou:

– Combinado. Quando vai ser?

– Hoje à noite.

Alice lembrou que não queria voltar mais lá. Não antes de se decidir.

– Eu não vou.

– Por quê, Alice?

– Pô, Kafil, você sabe. A história da lenda.

– Mas é só uma festa. Vamos, Alice.

Maria e Guilherme se juntaram a Kafil:

– Amiga, vamos juntas, a hora que você quiser eu volto com você, né, Orelha?

– Claro! Estamos juntos nessa!

Kafil deu um sorriso que derreteu Alice:

– Eu também estou junto. Com você.

Kafil deu a mão para ela, e Alice retribuiu o gesto.

Estava a fim dele:

– Tá. Nos encontramos mais tarde.

Eles se despediram de Kafil, que saiu feliz, correndo pelo mato.

Alice foi em direção à casa-grande. Ainda não era noite, nem dia. Ela deixou Orelha e Maria caminhando um pouco atrás, não queria segurar vela, atrapalhar o namoro dos dois. Estava um clima perfeito para eles ficarem, e rolou.

Alice não parava de pensar. Eram tantos pensamentos juntos que a deixavam zonza. No fundo, queria participar da história de Aqualtune, ajudar a vó Cambinda, queria ser importante, queria ser Aqualtune. E percebeu uma coisa: a Alice, como gostava de ser chamada pelo seu apelido, não teria coragem de entrar nessa história, mas a Aqualtune, seu nome verdadeiro, esta sim, estava doida para encontrar o tal mapa e o tesouro. Ela sentia como se fosse duas pessoas, uma queria ir e a outra não. Já tinha sentido isso antes, quando ficou na dúvida se iria para a festa de uma menina muito gente boa da escola ou viajava com os pais num final de semana para uma pousada numa praia. Entre a festa e o fim de semana, ficou com a festa e não se arrependeu. Foi uma decisão difícil, cada hora pensava uma coisa diferente.

Bom mesmo era ir para a *night* na vila. Uma balada diferente. Uma festa, com certeza, com Kafil.

Não dava para reconhecer ninguém naquele lugar. Todos paramentados com os mais belos trajes de gala, enfeitados dos pés à cabeça. Dourados, verdes, vermelhos. Orelha sacou que se tratava de uma balada mesmo muito diferente:

– Nossa, jamais nos vestiríamos assim. Aliás, será que estamos bem, adequados? Pô, eu estou de bermudas e chinelo, e vocês de saia e essas camisetinhas...

Não tinha terminado de falar e vó Cambinda apareceu, vestida com um traje vermelho brilhante, e carregando nas mãos outros tecidos:

– Que bom que vieram! Cada um de vocês, por favor, pegue um desses e amarre no corpo. Se precisar de ajuda, é só me chamar.

Maria era a mais animada e disposta. Ela logo escolheu o tecido azul turquesa com desenhos dourados, bordados com tons de amarelo, que faziam um contraste incrível.

Amarrou de um jeito tão gracioso que ficou ainda mais bonita. Logo tratou de vestir Alice, que escolheu o pano todo amarelo, e Guilherme, que ficou com a cor azul.

No meio da vila, em um terreno de terra batida, os moradores dançavam, ensaiando uma coreografia de acordo com os ritmos dos tambores, dos zabumbas. Era bom de ouvir e melhor de dançar. O batuque fazia o corpo querer mexer, rebolar, e os três se juntaram à roda de dança.

Uma lua cheia, toda redonda e brilhante, despontava

no céu, com o sol ainda se pondo no horizonte. Maria e Orelha entraram no círculo, junto com os moradores da vila. Logo acertaram o passo e estavam dançando, animados. Lembrava quase uma festa junina. Alice ainda de fora, tentava encontrar Kafil, mas não o distinguia no meio de tanta gente vestida do mesmo jeito. De repente alguém agarra a mão dela e a puxa para a ciranda. Com um sorriso no rosto, e também vestido de amarelo, Kafil está mais que fofo, ela pensa. Tá lindo, charmoso.

Eles se divertiram por mais de uma hora, num ritmo frenético. Cambinda comandava a roda. Com os braços levantados, ela determinava para que lado todos iam girar.

Alice olha para a vó, dançando, e enxerga mais do que os olhos veem. Ela vê uma senhora doce, mas ao mesmo tempo forte. Ela enxerga o quanto Cambinda é importante para aquelas pessoas que vivem ali. Ela vê que tudo pode mudar para melhor para aquelas pessoas, se encontrar o tesouro da escrava Aqualtune. E Alice finalmente percebe que já está fazendo parte daquela lenda. Os moradores da vila olham para ela com um olhar diferente, curioso, de respeito. Dançam animados, e ela também. O ritmo começa a acelerar, os passos ficam menores e mais rápidos, os homens capricham na batida do Zabumba, o coração acelera.

Alice se lembra de um diálogo que teve com a vó mais cedo. Vó dizia que ela voltaria para a vila, junto com outra Bamburucema, a senhora das tempestades, e Alice dizia que não voltaria mais.

Agora ela estava ali, como vó disse. Mas o céu não indicava nenhuma chuva. Muito menos uma Bamburucema, que ela já sabia como era.

Orelha e Maria cada um com um sorriso estampado no rosto, corpos quase pulando, como se estivessem em um show de música eletrônica.

No segundo seguinte da batucada, vó levanta o braço direito, e os tambores param imediatamente de tocar.

Alice aperta a mão de Kafil e sente um calafrio lhe percorrer a espinha. Ela percebe que só os dois estão vestidos de amarelo. Só eles estão iguais. A atenção se volta para os dois, num suspense que estava apenas começando.

A lua não brilha mais. Uma nuvem pesada encobre parte do céu. Apenas uma nuvem, mas pesada, e chega numa velocidade incrível.

Os homens baixam os tambores e seguem para a casa da vó. O fogo de uma fogueira é aceso por algumas mulheres, e em seguida surgem os mesmos homens, que saem da casa de Cambinda carregando várias máscaras nas mãos.

Guilherme está adorando. Para ele, tudo parecia um grande teatro. Maria não. Ela está preocupada com a amiga Alice. Elas se conhecem muito bem, e Maria sabe que quando Alice encolhe os ombros, mesmo que ligeiramente, é porque está em pânico. E é assim que Alice está. De ombros recolhidos.

Kafil está com a mão dormente. Alice aperta tanto que está quase insuportável para ele. Os ossos estão doendo. Mas ele não solta. Muito pelo contrário. Ele aperta ainda mais, para ela se sentir segura. Mas não adianta. Alice está com medo.

Os homens se aproximam do centro do terreno, onde vó está de pé. Eles colocam as máscaras no chão, e Cambinda escolhe uma para cada pessoa que está ali.

As mulheres colocam suas máscaras, e os homens também.

Restam apenas cinco máscaras, duas iguais e três diferentes. Restam apenas cinco pessoas sem máscara: Orelha e Maria, Kafil e Alice, e a própria vó Cambinda.

O corpo de Alice está tremendo. Não tem coragem nem de correr. Tudo ali agora parece assustador para ela. Era uma festa divertida, mas agora o clima mudou. O semblante das pessoas está escondido atrás de rostos de madeira, das máscaras.

Antes que o ritual comece, a nuvem encobre por completo a lua, a luz da fogueira ganha força e brilho, vó respira fundo e levanta os braços em direção ao céu:

– Que venham nos abençoar. Todos os deuses da floresta. Menina, Kafil, meu neto, Maria e Guilherme, venham comigo. Os tambores vão tocar, mas nada começa sem mim. Venham.

Ela se afastou, levando-os para um canto onde podia falar sem ser perturbada pelo som dos zabumbas, que tocavam tímidos, fracos.

Cambinda caminhou para um lugar mais distante

e se sentou numa esteira de palha, diante dos quatro assustados. Até Kafil, que nunca tinha participado desse ritual das máscaras. Quando Kafil ainda era criança, vó Cambinda lhe deu uma máscara de presente, e ele sempre usava essa mesma máscara. Mas nunca em rituais. Usava para brincar e adorava fingir que a máscara tinha poderes mágicos, que lhe davam força e sabedoria. Era assim na cultura africana, as máscaras simbolizam poder de forças ocultas, mas para Kafil era simplesmente mágica. Quando as meninas o viram pela primeira vez, nas ruínas da moenda, ele estava mascarado, mas apenas brincando, fingindo ter esses poderes mágicos. Era hora também de Kafil aprender o real significado desses objetos.

Cambinda falava com voz suave, mas firme:

– Essa festa é a congada. Vem do Congo e de Angola. Com a mistura de raças do Brasil, dos índios, africanos, portugueses, a nossa congada tem também um pouco do jeito de algumas festas que os brancos faziam. É uma festa em que cultuamos nossos deuses. Quando os escravos viviam aqui, os portugueses que eram católicos não permitiam que os negros tivessem outra religião, e a maneira que os africanos encontraram para celebrar suas crenças foi através da mistura de religiões.

– Mistura de religiões?

– Ah, menina, é assim: os negros escravos associaram os deuses africanos aos santos católicos. Então nas festas realizadas nas senzalas pelos escravos, os cultos eram aceitos pelos portugueses, que achavam que os negros estavam festejando para os santos católicos, mas na verdade estavam cantando para seus orixás, como nós chamamos nossas entidades.

– Eu estudei isso na escola! Muito interessante mesmo.

– É, Guilherme, então, por exemplo, Jesus Cristo para nós se chama Oxalá, São Jorge é Ogum, e assim por diante. Mas eu quero que vocês entendam a congada e o que vocês vão ver aqui.

Eles estavam mais tranquilos. Mas não menos curiosos. Quando se entende uma explicação, tudo fica mais fácil. O que era antes para eles desconhecido, e assim amedrontador – porque a imaginação tem o poder de nos levar a qualquer lugar – passou a ser simples. Para Alice, Orelha e Maria era mesmo uma cultura muito diferente, mas agora eles estavam gostando de estar ali. Sem medo. Era para eles apenas uma festa diferente, mas nada diferente de uma festa.

Kafil ainda segurava a máscara, esperando a vez de aprender um pouco mais sobre seu povo.

A nuvem pesada insistia em cobrir a lua. Sem vento, as árvores pareciam estátuas. A floresta parecia não respirar, tudo em suspenso.

Vó continuou:

– Na congada nós representamos o nosso reino com reis, rainhas, príncipes e vassalos. Coroamos a rainha Nzinga Mbandi, que viveu em Angola no século XVII. Faremos a dança das espadas, as danças guerreiras, que simbolizam as lutas para defender o reino do Congo. Hoje é uma festa que faz parte do folclore brasileiro, como tantas outras que tiveram origem lá na África: o batuque, o lundu, marabaixo e o maracatu.

– Por isso vocês se vestem assim, tão arrumados e elegantes?

– Sim, Maria. Como reis e rainhas de verdade. Quando viviam aqui, os portugueses usavam roupas elegantes e também faziam festas para os santos. Nossa congada, como já falei, tem um pouco da África e de Portugal. Bom, vamos!? Dessa vez vocês irão participar. O que acham?

Orelha se animou:

– Já é! Tô dentro da festa! Vamos, galera! Uma festa!

E sem perder tempo, se levantou, pegou Maria pelas mãos, puxou Alice e bateu nos ombros de Kafil:

– Vamos, vai ser irado.

Ninguém teve tempo de nada.

Quando se deram conta, estavam de volta ao centro do terreno, os batuques a mil, homens e mulheres dançando e cantando numa língua impossível de compreender.

Vó, alegre como nunca, rodava o corpo com a roupa brilhante, a saia fazia um movimento para lá e para cá. Tinha o vigor de uma jovem. Mas estava velha.

Orelha incorporou um personagem. Agora se sentia guerreiro, imitando os homens que dançavam. Um jogo de corpos que misturavam a dança da capoeira com luta, como se estivessem se enfrentando. E lá estavam Guilherme e Kafil, juntos, lutando e dançando também.

Maria e Alice paradas, olhando sem saber como participar. Uma roda foi feita em volta delas, as mulheres batiam palmas, convidando as meninas para entrar na dança.

O pé de Maria já estava quase cicatrizado, ela o cobriu com uma meia e foi para a roda, junto com a amiga Alice.

Aquela dança parecia realmente um grande teatro.

Cambinda volta e meia cruzava o olhar com Alice. As duas pareciam se entender só pelo olhar. Alice sabia o que vó esperava dela.

Os tambores mudaram o ritmo. Agora era uma batida mais calma, quase solene, como se anunciasse alguma coisa importante.

Alice e Kafil estavam no centro, e os homens e mulheres em volta deles. Cambinda dançava devagar, de olhos fechados em direção aos dois. Segurava as duas únicas máscaras iguais. As outras já estavam com Orelha e Maria, e Cambinda usava uma especial. Eram máscaras delicadas, com olhos e boca vazados, numa mistura de madeira e marfim. Da parte superior saía uma palha que parecia uma farta cabeleira.

Vó ofereceu uma das máscaras para Kafil, que imediatamente a colocou no rosto. Em seguida, ofereceu outra à Alice, que, sem hesitar, aceitou a oferenda, e também cobriu seu rosto.

Diante dos dois últimos mascarados se fez um silêncio, logo interrompido pela Bamburucema. O céu trouxe uma rajada de vento que passou pela vila fazendo um barulho ensurdecedor.

As árvores balançaram, jogaram folhas no chão, e vó Cambinda gritou:

– Menina, você foi coroada rainha dessa festa, e Kafil, o rei. E o vento veio abençoar a todos. Está escrito, na lenda de Aqualtune! Menina, você aceita ser a rainha da congada? Você aceita o desafio?

Todos olharam para Alice, que mesmo por trás da máscara sorriu, sem medo, sem hesitar, dona de uma coragem que ela mesma desconhecia. Estava forte, guerreira, uma verdadeira rainha. E gritou mais alto que o vento, que soprava furioso:

– Vó, você acha que estou aqui por quê? Tomei a decisão antes de vir para cá. Sim, vó, aceito. Vamos tornar essa lenda verdade! Conto com meus amigos. Mas a senhora tem de prometer que vai me esperar voltar. É uma promessa! Minha e sua!

O vento cessou.

Kafil tirou a máscara do rosto e levantou a máscara de Alice. Ele deu um beijo apaixonado nela. Um beijo de admiração e carinho. Beijo com paixão.

Ela também sentia orgulho de si mesma. Da coragem que nunca imaginou ter.

Alice beijou Kafil com a mesma paixão e com tudo mais que sentia por ele naquele momento.

Vó sorriu. Com as forças da natureza em seu corpo, jogou os braços para o alto e pediu aos deuses para dar tudo certo. Pediu para a menina Aqualtune escrever a verdadeira lenda da escrava Aqualtune:

– Que seja assim! – vó gritou, junto com o vento que levava o pedido embora.

Era a segunda Bamburucema. A primeira aconteceu logo quando Alice chegou ao engenho e estava nas ruínas da moenda. A terceira e última faria a lenda enfim se confirmar. Ou não.

Foi assim que vó Cambinda ouviu da mãe dela, que também escutou da mãe, e assim por gerações. Ela sabia de cor:

Antes da terceira Bamburucema, Aqualtune vai voltar
E consigo o tesouro ela vai trazer
E o mundo inteiro vai saber
Da história de um quilombo que vai se revelar.

Para a menina Alice essa história toda era uma grande aventura. Como quando era criança e brincava de caçar tesouros escondidos no jardim da casa dos avós, que moravam numa vila supersimpática. Só que os tesouros eram chocolates que os pais escondiam entre as plantas. Não achava que era responsável por fazer lenda nenhuma se tornar realidade. Aliás, às vezes até duvidava um pouco das crenças de vó Cambinda. Mas ao mesmo tempo não duvidava não. Olhava para vó e via que a preta velha tinha a certeza de que era tudo mesmo verdade. Seria bom para aquelas pessoas ter esperanças. Ela aceitou o desafio. Alice sempre gostou de desafios: "Se eles acreditam tanto nessa lenda, não custa nada tentar achar o tesouro, no mínimo vai ser divertido", ela pensou, enquanto sorria para Kafil.

A festa ainda continuou. Mas sem as vestes que, depois do ritual de coroação, foram devidamente guardadas, junto com as máscaras. Era agora uma celebração, uma cantoria cheia de palmas e ritmos quentes. Cada um dos moradores da vila ia para o centro da roda e dançava do jeito que queria, balançando o corpo, às vezes de maneira tão desajeitada que provocava risos e até gargalhadas dos outros.

A lua voltou a brilhar. O cansaço fez diminuir o entusiasmo e, pouco a pouco, cada um foi para sua casa dormir.

Maria e Orelha namoravam em um cantinho da vila, do mesmo jeito que Kafil e Alice. Vó Cambinda apagou a fogueira. Era hora de descansar.

Os três, Alice, Guilherme e Maria se despediram de Cambinda com um abraço apertado, trocando sorrisos e carinhos.

Kafil levou seus amigos para casa. Agora ele e Orelha já não tinham mais qualquer antipatia um pelo outro:

– Cara, sua festa foi irada. Tô pensando em alugar o salão de festas do prédio da minha tia e fazer uma festa igual. A galera vai mega-amar! Vamos produzir?

– Ué, Guilherme, a gente traz seus amigos aqui para assistir à congada de verdade. É muito mais real!

– Jura? Maneiro! E, cara, pode me chamar de Orelha.

– Legal, mas não me chama de Cabelo não, tá? – continuou Kafil.

Eles riram, os quatro, abraçados como velhos amigos.

Passaram pelos vaga-lumes sem o menor interesse. Orelha ainda tentou correr atrás de alguns deles, mas o corpo não acompanhava mais os comandos do cérebro. Travou.

Agora precisavam dormir. Estavam exaustos, e o pé de Maria começava a inchar.

Amanhã teriam muito que fazer e muito que procurar.

Alice não esqueceu nada da noite anterior. Acordou cedo e, olhos grudados no teto, lembrava de cada detalhe.

Tinha um compromisso, uma missão, e estava animadíssima.

Encontrar um mapa escondido no século XVII.

Seria tudo fantasia da vó Cambinda? Esse mapa, desenhado pela negra Aqualtune, escrava desse engenho e avó do famoso Zumbi dos Palmares, levaria a um verdadeiro tesouro histórico, um achado. Séculos de história. Será que existe mesmo o mapa, a estátua e a tiara dourada, perdidos em algum lugar ali?

Ela mergulhava nesses pensamentos.

Sentiu um cheirinho de gostosuras. Bolo, café, tudo fresco e tomando conta da casa. Alice não resistiu.

Já na mesa estavam Sonia, Orelha e Eduardo. Batiam um papo animado sobre o futuro daquele lugar. Eles não perderam tempo, e contavam para Guilherme cada detalhe da obra que começaria ainda naquela manhã. Seria uma reforma geral, um banho de cores, mas preservando a identidade original do engenho. Eduardo falava sem trégua, e logo Alice também ficou de ouvinte, enquanto saboreava o bolo de aipim:

– Então, Guilherme, vai ser muito trabalhoso, mas vai valer a pena. Estamos decidindo o que fazer depois para aproveitar esse espaço. Pensei em transformar em uma pousada, ou em um lugar para as pessoas conhecerem como realmente funcionava um engenho de açúcar... o que você acha?

– Muito maneiro! Pô, Eduardo, ontem a gente viu uma congada, lá na vila. Maior festão. Nunca tinha visto nada parecido, muito irado, a gente até participou, né, Alice?

– Foi demais mesmo!

Alice adorou a ideia de transformar o velho e abandonado engenho em um lugar importante da história do Brasil para as pessoas visitarem, em um engenho como os dos séculos passados:

– Sonia, esse lugar é incrível, e vó Cambinda uma história viva. Sabe tantas lendas... Isso não pode acabar, é muito diferente da cidade grande. Eu apoio! Mãos à obra! Vamos ajudar, né Orelha?

– Jura? Ai, que preguiça. E a cachoeira, não vamos mais hoje?

– Que cachoeira, Orelha?

E Alice deu uma cochichada no ouvido dele:

– Vamos aproveitar essa obra para procurar o mapa sem levantar suspeitas! Pensa, vai ser moleza...

Era uma oportunidade mesmo imperdível.

Faltava contar para os pais de Maria o verdadeiro motivo de tanto empenho deles em ajudar na obra.

Mas Alice não pensava assim:

– ... E vamos manter tudo em segredo por enquanto, eles não iam acreditar mesmo, e talvez brigassem com a vó, ou, ainda pior, poderiam achar que ela tá caduca. Precisamos de uma prova antes de contar. Beleza?

E ele retribuiu o cochicho também no ouvido de Alice.

– Claro. Não comentamos nada. Vou acordar Maria e avisá-la.

Sonia e Eduardo riram dos segredinhos deles. Não deram importância. Acharam típico de adolescentes.

Orelha acordou Maria com um beijo. Ela abriu os olhos, deu um sorriso, correu para o banheiro e escovou os dentes. Depois voltou e, com o mesmo sorriso, deu um beijão em Orelha.

Alice andava pelos corredores da casa com um olhar atento. Mas era difícil imaginar até por onde começar a busca. Entrou em alguns quartos, observou o teto, as portas, os banheiros, até a cozinha. Lá estava vó Cambinda, esquentando um leite para Maria. Elas se olharam:

– Já tomou café, né menina? Não quis interromper a conversa do seu Eduardo. E aí? Animada?

– Nossa, vó, curiosa. Tô muito curiosa, e andei pensando numas coisas... Sabe, se sua história for verdade, podemos juntar com os planos da Sonia e do Eduardo!

– É verdade, menina, você vai ver, mas não entendi nada do que você falou. Planos?

– Tá bom, vó. Depois explico. Me deixa trabalhar! Temos muito o que fazer.

Ela pegou a leiteira do fogão, deu um aperto na bochecha da Cambinda e foi servir a amiga Maria:

– Saindo um leite bem quentinho. Ué, cadê seus pais?

– Lá fora, Alice, esperando o caminhão e os operários. Vão fazer uma reunião. Caraca, vai ser uma poeira, um barulho! Adeus férias calmas, com mato, o som dos grilos. Vai ter bate-estaca... Tum-tum.

Orelha só reparava no jeito de Maria:

– Nossa, minha namorada é mal-humorada de manhã. Mesmo assim é charmosa.

Alice não perdeu o momento:

– Sua o quê, Guilherme?

Nem Guilherme perdeu o momento:

– Namorada, Alice. Aliás, o seu também está ali.

– Meu o quê?

– Namorado. Bom dia, Kafil.

Alice ficou roxa. Kafil estava na janela, ouvindo a conversa, e também sentiu o rosto esquentar. Ele entrou, sem graça.

Maria não ficou nada sem graça. Adorou. Ao invés de vermelha, ficou foi feliz:

– Meu humor melhorou de repente. Vai ser um dia incrível hoje. Promete.

– E a poeira, o bate-estaca, o tum-tum?

– Ah, Alice, é só um detalhe.

Os quatro estavam descaradamente mais alegres.

Era a hora de distribuir tarefas. Alice, com ares de rainha, ainda por conta da congada, achou que podia organizar o dia:

– Vamos nos unir. A partir de agora seremos o "Quarteto Fantástico", que tal?

Maria e Orelha adoraram:

– Maneiro!

Kafil não entendeu:

– Seremos quem?

Orelha não resistiu:

– São uma equipe de super-heróis, que viraram quadrinhos e filme. Perfeito. Sou o Tocha Humana...

Maria se empolgou:

– E eu a Mulher Invisível!

– Então, os namoradinhos podem fuçar toda essa parte da casa, todo o lado esquerdo, da sala de jantar até o jardim, e eu e Kafil...

– Sim, e o outro par de namorados vai para onde, Alice?

– Orelha, dá um tempo!

– Ah, Alice, tô zoando.

Kafil interrompeu os dois:

– Orelha, eu e minha namorada Alice vamos para a outra parte, até o jardim também.

Alice sentiu o coração disparar. Era o primeiro namorado da vida dela. Antes só ficou com um menino da escola, numa festa, mas estava tão nervosa com o primeiro beijo que nem curtiu. Foi rápido e meio desastrado, não sabia o que dizer, e tudo acabou em um só beijo. Na segunda-feira não se falaram, nem na terça, e assim por diante. Nunca mais rolou nada.

Agora estava namorando. E não era um estranho qualquer, era Kafil, o "protetor", o cara mais diferente que ela havia conhecido. Ela logo imaginou a cara das amigas Aninha e Zazá, a Isabela, quando soubessem. Iriam morrer!

Ela olhou para Maria, com o coração ainda pulando,

com cara de quem precisava conversar imediatamente, e logo deu a desculpa clássica:

– Maria, vamos ao banheiro?

– Claro. Agora.

E saíram, passos apressados, quase saltitando.

De repente um barulho de cidade invadiu o lugar. Buzina, homens falando alto, freio de caminhão. Era a turma da obra chegando.

Maria e Alice no banheiro, nervosas, dividindo emoções:

– Ai, amiga. Estamos namorando, que irado!

– É, Alice, mas fica calma, você tá pilhada. Relaxa, amiga.

– Tá, mas será que eu sei namorar? O que eu tenho que fazer?

– Nada de diferente do que você faz. Seja você. Seja Aqualtune... seja verdadeira.

– Alice ainda. Alice por enquanto. Valeu amiga!

Já na sala, o diálogo era outro. Meninos não falam assim dessas emoções:

– E aí, cara, irado, Kafil!

– Maneiro, Orelha!

– Pôooo.

– Pôooo.

E na entrada da casa-grande:

– Bom dia, sou Eduardo, essa é minha esposa Sonia. Vou explicar sobre a obra, e vamos trabalhar.

Eduardo levou os trabalhadores para a casa e os apresentou a Maria, Guilherme, Alice e Kafil.

Eram cerca de oito homens, carregados de ferramentas, enxadas, baldes, pás, carrinhos de obra e uma infinidade de objetos que não dava para imaginar qual seria a utilidade. Coisas esquisitas como uma haste prateada, longa e fina, que um dos homens segurava com extremo cuidado.

O Quarteto Fantástico olhava para tudo, com cara de espanto.

Logo a obra, o quebra-quebra, o bate-estaca, estavam a mil. Espalhados pelos cantos da casa, cada grupo de homens seguia as instruções dadas por Eduardo e Sonia. Quem supervisionava tudo era o homem do objeto prateado. Tinha um rosto branco, frio, sem rugas. Contrastava com o cabelo grisalho, fazendo assim totalmente indefinida sua idade. O rosto era de um jovem, e o cabelo excessivamente branco revelava uma idade avançada. Era magro, baixo e forte. Tinha pelos na orelha, que saíam de dentro do ouvido. Arlindo. Este era o nome dele. De lindo, só mesmo uma parte do nome. Era o todo poderoso e renomado arquiteto.

Alice e Arlindo se estudaram, se analisaram, se observaram. Enquanto ele dizia para alguns operários por onde começar a demolir, ela não perdia uma vírgula das ordens dele. Era realmente necessário demolir algumas paredes rachadas pelo tempo. E Arlindo era bem direto:

– Vou marcar as paredes que serão demolidas. E quero tudo isso no chão ainda hoje. O outro grupo leva o entulho para fora. Nada de bagunça, quero um trabalho em grupo, quero união e força!

Alice ficou boba:

– Nossa, ele se parece comigo falando.

Arlindo sorriu, sem fazer uma ruga sequer:

– Você é mandona como eu? Vai ser minha "mestre de obras". Que tal?

– Oba, posso ficar por perto então?

– Tome, coloca esse capacete. Os outros também. Podem ficar, se quiserem. Sempre de capacete, o.k.?

– Tá. Valeu. O que é esse treco aí na sua mão, Arlindo? Parece uma varinha prateada.

Arlindo tirou o sorriso do rosto, e uma ruga apareceu. Bem na testa, ruga de enfezado, ruga de preocupação:

– Nada. Você é curiosa, hein?

Logo Arlindo guardou o "treco" numa bolsa marrom e não respondeu mais nada.

A curiosidade de Alice e dos três membros do quarteto se elevou ao seu grau máximo em adolescentes, mas eles se seguraram, já que também sentiram uma desconfiança na mesma proporção.

Alice conseguiu o que queria naquele momento. Ficar por ali, investigar, procurar o mapa. Do Arlindo ela cuidaria depois. Ficou com uma pulga atrás da orelha em relação a ele.

Estava tudo um caos.

Vó Cambinda, na cozinha, estava com um olho no fogão e outro olho no movimento de entra e sai da casa.

Ela, que durante tanto tempo cuidou para que a lenda da escrava Aqualtune não fosse esquecida, agora sentia que aquela história não estava mais em suas mãos. Não sabia o que iria acontecer com aquele velho engenho, não sabia se o mapa seria encontrado ou perdido de vez no meio de tanto cimento quebrado, poeira e pedaços de tijolos que formavam pilhas de entulho.

Apenas rezava para seus orixás, com a fé de sempre. Torcendo para os deuses ajudarem a menina Aqualtune.

Maria e Orelha eram responsáveis por uma parte da casa: o lado esquerdo. Orelha, em um quarto já sem paredes, remexia todos os cantos, batia no chão de madeira maciça em busca de alguma falha, algum espaço oco. Nada.

Maria estava em outro quarto, um dos que ainda estavam intactos. Abria os armários, gavetas, procurava por fundos falsos. Alguns móveis eram novos, impossível guardar qualquer segredo, mas um deles, tipo um baú, uma arca, escondido em um canto, parecia ser de séculos atrás.

Ela tentou abrir, mas estava trancado. E nada de chave por perto. O baú tinha uma fechadura antiga e grande, e a chave certamente era diferente das chaves de porta, daquelas prateadas. Maria começou a procurar a chave pelos lugares prováveis, em cima dos móveis, prateleiras, mas sem se esquecer dos lugares esquisitos também. Adorava filmes de detetives, de suspense, e sabia que era a hora de pensar com a cabeça de quem escondeu a tal chave:

"Qual seria o melhor lugar? Qual o lugar perfeito para esconder um objeto pequeno? Pensa, Maria, pensa."

E assim ela continuou sua busca.

Kafil e Alice estavam do outro lado, cercados de muita gente, precisavam disfarçar.

Alice viu que daquele jeito não conseguiria avançar na busca e teve uma ideia:

– Kafil, vem cá!

Eles estavam em um corredor, escolhendo por qual cômodo da casa começariam, já que estavam cheios de homens entrando e saindo a todo instante:

– Repara no tal Arlindo, ele está muito inquieto, não tira os olhos de nós, e Eduardo e Sonia estão tão empolgados, que nem sacaram o quanto o cara é estranho.

Kafil teve a mesma impressão:

– É, não gostei dele. O santo dele não bateu com o meu.

– Qual é o seu santo, Kafil?

– Ué, sou Oxossi, o deus caçador, senhor da floresta e de todos que habitam a natureza.

– Nossa, Kafil, santos não combinam?

– Nada disso. É só uma expressão que a gente usa: "que os santos não batem". Mas o Arlindo esconde alguma coisa. Não sei... não parece que tem um segredo?

– Ele quer esconder e a gente quer descobrir. Olho nele, Kafil. Agora a gente precisa disfarçar. Eu vou ficar por aqui, e você fica invisível, finge que aqui é uma floresta e se camufla, entra e sai sem ninguém te ver.

– Isso é o que eu sei fazer! Na floresta, se a gente faz

barulho, assusta os outros bichos. Eu vou desaparecer, pode deixar, e vou achar o mapa da vó Cambinda. Mas antes vou lá pedir a bênção dela.

Ele deu um beijo em Alice, sua namorada, e ela lhe deu um beijo, um sorriso, e o abraçou.

Enquanto Kafil ia para a cozinha, Alice investigava Arlindo. Puxou papo, como quem não quer nada:

– Você vai marcar as paredes que serão demolidas, Arlindo?

– É, Alice. Vou.

– Posso ajudar? Como você vai fazer? Com aquele objeto prateado?

– Você cismou com ele, né, Alice?

Arlindo não estava mais simpático.

– E você gosta mesmo dele, né? Para que serve mesmo?

Ele olhou para ela, viu que a menina queria mesmo uma resposta:

– Para, é, para... serve para medir profundidade, saber se existem paredes ocas.

– Hum. Não sabia que existiam paredes ocas. Não seriam falsas? Paredes falsas?

Arlindo deu uma risada tensa, agora eram duas rugas marcando a testa, e desviou o assunto:

– Bom, quer me ajudar, né? Então pega essa tinta aqui, e marca aquelas paredes ali daquele quarto, o primeiro à direita. Todas elas.

– O.k.

Alice saiu obediente e desconfiada.

Orelha estava exausto de tanto. De tanto se abaixar, levantar, procurar por todos os cantos e espirrar por causa da muita poeira, mas foi diante de um monte de aranhas que ele se deu por vencido. Era uma teia gigante, mas escondida atrás de uma penteadeira enorme, com um espelho desgastado. Guilherme tateou atrás do pesado móvel, na tentativa de encontrar o mapa escondido, mas foram dezenas de aranhas que encontraram a mão dele e subiram rapidamente pelo braço.

Ele sacudia a mão, pulava e gritava, e algumas aracnídeas subiam ainda mais pelo corpo dele.

Desespero total. Diante dos berros, Maria deixou o quarto onde estava o baú e correu na direção do namorado, que tentava arrancar a camisa do corpo:

– Me ajuda, entraram na minha blusa, no meu cabelo!

– O quê, Guilherme? Explica!

– Essas aranhas! Tira!

Maria sacudia Orelha tão forte que as aranhas caíram no chão, uma a uma, e sumiram atrás da penteadeira novamente, e dessa vez para sempre.

Ele ainda estava tonto, suado, mas calmo e agradecido:

– Caraca, vida selvagem! Podia ter morrido, sabia?

Maria ria dele:

– Essas aranhas não iriam te matar...

– É, mas o susto que eu levei... poderia ter morrido mesmo. Desisti. Aqui não tem nada, e você? Achou alguma coisa, além de aranhas?

– Pô, ainda não, mas tem um móvel, um baú muito antigo, mas sem chave, não tem como abrir. Vamos lá, não tem aranha não.

Eles foram.

Kafil, na cozinha, de olhos fechados diante de vó Cambinda, que fazia uma reza, uma oração na língua dela, kikongo. Kafil não entendia o significado das palavras, mas entendia a intenção daquela oração. Vó passava um galho de arruda na cabeça do neto. Ela acreditava que essa planta tem poder de espantar maus espíritos, era uma crença popular da África. Ele estava pronto, forte e seguro. Vó Cambinda fez uma recomendação:

– Lembra, meu neto, vocês têm até a terceira Bamburucema. Já foram duas, o tempo está se esgotando. Não se esqueça.

– Por quê, vó? O que vai acontecer?

E ela mudou a voz:

Mas se Bamburucema vencer
Um povo inteiro ficará sem voz
Nunca ninguém vai saber
Que diante dessa força feroz
Tudo que seria valioso
Se transformará em misterioso

– Vó, isso é parte da lenda da Aqualtune?

– Sim. Cuidado com a Bamburucema, meu neto. Com a tempestade.

– Vó, fica tranquila. Não vou longe não. Vamos procurar aqui, pela casa.

– Vocês irão muito mais longe do que imaginam. Agora vai. E eu vou para a vila, me juntar ao nosso povo e rezar.

Kafil sentiu um frio ligeiro na espinha.

***

Alice terminou com as portas. Todas devidamente marcadas, esperando para serem destruídas.

Ela foi atrás do quarteto. Todos se encontraram em um dos corredores. Quase deram um encontrão. Orelha e Maria iam em direção ao quarto do baú, Kafil procurava Alice, e Alice deu de cara com eles:

– E aí? Nada?

Maria se antecipou em responder:

– Não, Alice. Apenas uma chave, mais nada.

– Então vamos combinar um lugar para a gente se encontrar daqui a uma hora. Assim a gente procura em lugares diferentes e não perde tempo tentando nos achar depois. Onde?

– Na cozinha. Tá vazia.

– Boa, Kafil. Daqui a pouco na cozinha. Vou ficar perto do Arlindo; Kafil, você vai para aquela parte de trás da casa-grande, lá é vazio. E lembra, fica invisível, camuflado, não chama atenção dos homens. E vocês?

– Alice, eu e Orelha vamos atrás de um baú antigo.
– Tá, Maria. Quarteto... boa sorte!
Cada um foi para um lado da casa.
Maria pensava alto, enquanto entrava no quarto:
– Onde eu esconderia essa chave? Tem que ser um lugar secreto, mas não impossível... onde... não pode ser óbvio também...
E Orelha ouvia seus pensamentos:
– Às vezes é óbvio sim... olha para o baú, cheio de curvas, reentrâncias.
– De quê, Guilherme?
– Buracos, cavidades.
– É. Tem mesmo. Você acha quê...?
– Pô, Maria, sei lá. Me ajuda aqui.

***

Orelha levantou com suas últimas energias o móvel pesado, enquanto Maria tateava os buracos e embaixo do baú.
– Vamos, tá pesado demais!
– Tô indo, segura aí!
Cutucou de um lado, levantou o outro, colocou a mão onde teve espaço. Tocou em um objeto com a ponta do dedo indicador. Era metálico, frio. Maria fez um esforço enorme, se esticou o máximo que pôde, enquanto Orelha sentia os braços tremendo, era o final das forças, não podia mais:
– Maria não posso...

– Peguei!

Orelha largou o baú, e quase prendeu a mão direita de Maria e a chave que ela segurava.

A chave! Escondida, presa no fundo do baú, dentro de uma cavidade, engastada precisamente na madeira.

– Era óbvio, né? Tão perto.

– É, Gui. Nós fomos geniais. Uhuuuu!

– Deixa eu ver essa chave.

– Tá, mas eu abro.

– Abre, Maria, tô curiosão...

A chave era escura, toda trabalhada e pesada.

"Click"

Levantaram a tampa do baú, e um rangido de madeira velha fez parecer que estavam numa cena de filme de terror.

Dentro do móvel, além de poeira, um objeto pequeno.

Maria, corajosa e sem fobia de aranhas – tinha medo apenas de baratas, cobras e escorpiões –, pegou o tal objeto rapidamente:

– Não acredito! De novo?

Orelha olhou, espantado:

– Outra chave, ah, fala sério. Cansei dessa brincadeira. Deve ser tudo invenção da vó Cambinda para a gente ter o que fazer nessas férias.

Maria concordou:

– Vamos para nosso QG, nosso "quartel general", a cozinha... Vamos terminar com essa bobagem.

Dessa vez era uma chave bem pequena, reta, sem

curvas. Eles não imaginavam o que ela poderia abrir. Mas também não queriam imaginar mais nada, para eles era realmente brincadeira da vó.

Ninguém além deles na cozinha.

Alice não aguentou mais ficar ao lado do Arlindo, vendo aqueles homens darem marretadas nas paredes. Nenhuma parede oca nem falsa apareceu. Ela se distraiu com seus pensamentos e, quando percebeu, Arlindo não estava mais ali. Ele deu um jeito de sair sem ser notado, e isso intrigou ainda mais Alice, mas ela não tinha tempo de procurar por ele naquele momento.

Era a hora do encontro do quarteto na cozinha.

Agora só faltava chegar Kafil.

Eles esperaram. Nada dele aparecer. Um atraso normal, tudo bem.

Orelha e Maria tentavam convencer Alice de que era tudo invenção da Cambinda, mas ela, sempre teimosa, não acreditou nos argumentos deles:

– Gente, presta atenção! A vó não iria inventar essa história toda. Ela quase chorou quando contou a lenda, não foi, Maria?

– É, isso foi mesmo. Ficou muito emocionada.

– Você acha que uma senhora daquelas, preta velha, sábia e séria estaria brincando com coisas tão importantes? Fala sério!

– Então por que essa outra chave? Não parece brincadeira?

– Pô, Orelha, sei lá, mas vamos descobrir. Cadê o Kafil?

Eles esperaram por mais tempo. E já que estavam na cozinha, avançaram na geladeira, enquanto Kafil não chegava. Comeram bastante, e Kafil nada de aparecer.

O que eles não sabiam ainda é que essa espera era em vão.

Kafil não chegaria mais.

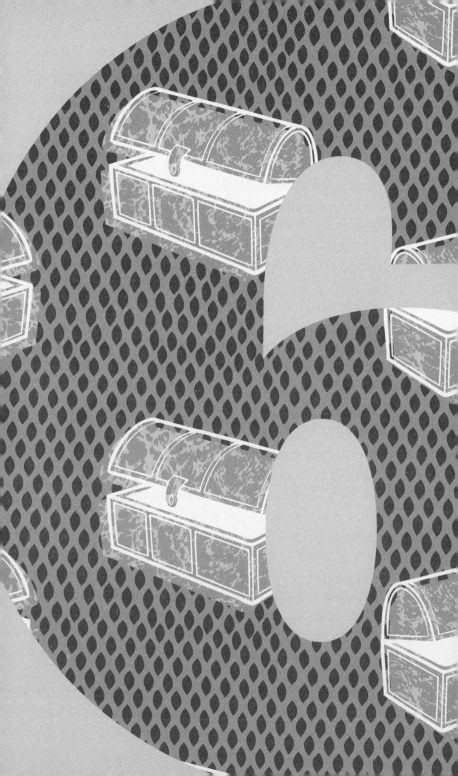

Kafil fez exatamente o que Alice sugeriu. Foi investigar a parte de trás da casa-grande. Era uma área enorme, cheia de pequenos quartos que serviam como antigos depósitos. Antigamente, quando aquele lugar funcionava como um engenho de cana-de-açúcar, ali eram guardados mantimentos e ferramentas. Também eram armazenados alimentos, sacos de sal, enfim, utilidades domésticas para servir os moradores da época, no século XVII. A família que morava lá, quando também viviam os escravos, como dizia vó Cambinda, era numerosa. Além dos filhos e noras do senhor do engenho, lá viveram duas irmãs com seus maridos e os descendentes deles.

Quando o famoso ciclo da cana-de-açúcar entrou na fase de decadência, sendo pouco a pouco substituído por outra monocultura, a do café, o senhor do engenho ainda insistiu por muito tempo na produção de cana e manteve sua moenda funcionando. Foi um dos últimos daquela região a fechar suas porteiras. Vó Cambinda nunca soube exatamente como isso aconteceu, era parte de uma história perdida no tempo. O que ela sabia era que os avós da Maria herdaram aquelas terras, e só.

E assim passaram os séculos, e como os quartos dos fundos da casa já não tinham mais utilidade, estavam em total estado de abandono.

Kafil entrou em um dos quartos, escuro, vazio. Saiu por um corredor e aí escutou um barulho forte que vinha do final do que mais parecia um labirinto de paredes e portas. Andou um pouco mais e viu um homem batendo nas paredes com um objeto prateado e comprido. Mesmo no escuro, Kafil o reconheceu. Era Arlindo. Estava acompanhado por outras pessoas e parecia atento ao som que provocava com o tal objeto. Ele encostava o ouvido na parede e sussurrava algo que Kafil não entendia.

O menino então procurou se camuflar ali mesmo, na penumbra. Agachou-se e permaneceu no silêncio mais absoluto. Miguel, um dos homens, virou o pescoço na direção de Kafil, desconfiado.

Kafil ficou sem ar, sem se mexer, quase sem respirar. Arlindo estava agitado e tenso. De repente, ele perdeu a paciência com uns dos homens que estavam ali:

– Miguel, aqui, presta atenção no que está fazendo! Paredes ocas, fundos falsos, esqueceu? É isso que queremos. Não tem nada aí!

– Tem sim.

Miguel trabalhava com Arlindo há muito tempo, eram amigos, não tinham segredos:

– Do que você está falando?

– Daquele garoto ali, abaixado, escondido.

Kafil foi descoberto.

Ele correu, deu um salto e saiu por onde tinha entrado. Correu o quanto pôde, achou uma escada, subiu com dois pulos e, no fim de um corredor, se deparou com uma porta fechada. Parecia pesar uma tonelada, mas ele conseguiu abrir com muito esforço. Ouvia a voz e os passos afobados de Arlindo por perto. Miguel foi para o lado oposto, na tentativa de cercar Kafil. Sorte que aquele lugar era escuro e cheio de passagens estreitas, fácil de se esconder.

Kafil estava agora em um depósito de móveis e quinquilharias. Um lugar de paredes de pedra, escuro e abafado. Duas coisas chamaram a atenção dele: uma outra porta, pequena, num canto, quase invisível, e um armário enorme, escuro, muito alto. A voz de Arlindo ficou mais forte, mais próxima. Kafil não teve tempo de abrir a tal porta, mas teve tempo de se espremer atrás do armário, com o corpo grudado numa parede fria de pedras.

Ele sentiu o chão estalar. Olhou para os pés e percebeu que estava bem em cima de um fundo falso. Ele se abaixou e abriu uma fenda do assoalho de madeira. Bem assentado, como que colocado com muito cuidado, estava um papel enrolado. Ele só teve tempo de pegar parte do papel.

De repente o chão se abriu, a madeira do piso estava tão frágil e apodrecida que se abriu. Ele despencou por um buraco, um túnel escavado na terra. Rolou e ralou o corpo enquanto caía, sem a menor chance de se agarrar em qualquer obstáculo. Quando finalmente parou de cair, estava no escuro, debaixo da terra, preso em um túnel sufocante.

Enquanto isso, o desfalcado Quarteto Fantástico ficava preocupado com a demora de Kafil, principalmente Alice:

– Gente, tá estranho. Vamos procurar Kafil.

Orelha, que em tudo opinava, teve uma ideia:
– Vamos até a vila, ele pode estar lá.
Alice concordou na hora:
– Vamos nessa.
Vó Cambinda estranhou os três ali, àquela hora:
– Ué? Maria, Alice e Guilherme. Cadê meu neto?
– Não está aqui?
– Não, menina. Achei que estaria com vocês.
Alice ficou pálida:
– Vó, ele disse que iria desaparecer, mas era num sentido figurado, tipo ficar invisível, camuflado, como ele faz na floresta, sabe? Mas a gente marcou de se encontrar e ele não apareceu.
Vó Cambinda ficou séria. Muito séria mesmo.

***

Kafil tentou voltar por onde tinha caído, mas o terreno era íngreme demais, impossível de escalar. A única opção era continuar por aquele túnel, onde mal dava para ficar de pé. Ele sentia medo, estava sozinho, não adiantava gritar. Aquele túnel fora escavado há muito tempo, e ele teve medo de tudo desmoronar. Tentou achar a saída o mais rápido possível. Pensou no significado do seu nome: "protetor". Precisava mesmo de proteção, e repetiu várias vezes enquanto caminhava com o corpo curvado: "Kafil, vamos Kafil, você vai conseguir, você é valente!"

***

Vó Cambinda só pensava no desaparecimento do neto. Pegou a máscara que Kafil usava desde criança e a segurou como um amuleto. Ela ficou tão pálida que assustou Alice:

– Vó?

– Perdi as forças. Tem alguma coisa muito errada, não era para ser assim.

Alice sentou Cambinda numa esteira de palha, no chão:

– Descansa, a gente vai achar ele.

– Não, menina, tenho que ir com vocês. Kafil precisa de mim. Não posso deixar ele em perigo.

– Que perigo, vó?

– A Bamburucema, menina. Agora é uma corrida contra o tempo.

– Tá bom, vó. Depois a senhora explica essa coisa da Bamburucema. Vamos para a casa-grande.

– Vocês vão na frente. Chego já. Preciso arranjar umas coisas.

Eles obedeceram.

Alice se lembrou da lenda da escrava Aqualtune, da história que vó contou sobre estar cansada, velha demais, e realmente sentiu que aquela lenda era mesmo poderosa. Vó parecia outra pessoa. Triste e preocupada.

Alice, Maria e Guilherme chegaram à casa-grande. Não tinha mais clima de férias, de aventura, de brincadeira. Eles foram procurar Eduardo e Sonia.

Arlindo continuava a perseguição. Nada de Kafil. Ele entrou no depósito por onde Kafil desapareceu, certo de que ele estaria lá, mas não achou nada nem ninguém, sem saber que atrás do armário pesado se escondia uma passagem secreta, o túnel por onde Kafil despencou, um túnel que servia de fuga daquele engenho. Arlindo olhou bastante para aquele armário, era o único móvel que ele tinha visto até aquele momento que parecia ser de séculos atrás. Tentou abrir, mas estava trancado. Arlindo então reparou na porta pequena, discreta. Ele foi em direção à porta, agarrou a maçaneta e a virou. A porta se abriu e revelou uma escada em caracol. Ele desceu rapidamente e deu de cara com os fundos da casa, por onde se via a cozinha.

Não tinha ninguém ali, na cozinha, mas Arlindo viu algo que chamou sua atenção. Em cima da mesa de mármore, esquecida. A chave. A mesma que Maria encontrou dentro do baú e, na pressa de procurar Kafil, se esqueceu de levar com ela.

Arlindo percebeu que a chave não era nova, muito pelo contrário, era de algum móvel tão antigo que poderia guardar o segredo que ele procurava. Lembrou-se imediatamente do armário.

Eduardo e Sonia conversavam com alguns homens, inclusive com Miguel. Ele procurava Kafil, mas se deparou com os dois no caminho. Falavam do andamento das obras, de pintura, até de restauração. Miguel e Arlindo eram arquitetos e restauradores, trabalharam em museus e eram especialistas em bens culturais. Isso significava que sabiam muito bem quando um objeto, ou até uma casa como aquele engenho, tinha importância histórica, ou não.

***

"Os bons espíritos estão do meu lado", foi o que Kafil pensou, quando conseguiu se arrastar até ver um feixe de luz e sentir um sopro de ar no rosto. O ar e a luz significavam uma saída, e ele sentiu um enorme alívio. Pelo menos o medo de jamais ser encontrado e ficar ali até morrer, esse medo ele não sentia mais. Só queria sair dali.

***

Já em outra parte da casa, segurando a chave com cuidado para não deixar cair, Arlindo subiu pela mesma escada dos fundos, que dava direto no depósito.

Assim que ele subiu as escadas, Alice, Orelha e Maria chegaram à cozinha. Maria se lembrou da chave e olhou para a mesa:

– Gente, a chave que eu deixei aqui! Sumiu também!
– Ou alguém pegou, né?
– Como assim, Alice?
– Ué, agora são dois desaparecimentos. Hum... vocês já tinham visto aquela escada ali? Vamos procurar, mas primeiro por Kafil.

Eles subiram e deram de cara com Arlindo diante do armário aberto, olhando para dentro, de queixo caído. A chave bem ali, na fechadura.

Maria não se aguentou:

– Ei! Você roubou a chave que eu encontrei! O que está fazendo aí?

Eles foram em direção ao armário, e Arlindo ficou furioso:

– Parem! Não mexam em nada, ou eu...

Alice não teve medo dele:

– Você o quê?! Sempre achei você esquisito, o que você procura aqui? Não eram paredes falsas que você queria?

Arlindo estava completamente transtornado:

– Garota, você não sabe de nada. Não me atrapalhe, fiquem quietos e não toquem de jeito nenhum nesse armário!

Diante da gritaria, surgem Sonia, Eduardo e Miguel, sem entender nada:

– O que está acontecendo? Que confusão é essa?

– Calma, Eduardo, eu explico!

– Explica nada, Arlindo, eu que falo! Ele roubou uma chave!

– Não roubei nada, Alice!

Maria tratou de defender a amiga:

– Pai, ele roubou, fui eu que achei e deixei na cozinha, a gente tava lá quando Kafil sumiu.

– Kafil sumiu?

Agora foi Alice quem falou:

– Sumiu, Sonia, desapareceu!

– Ninguém desaparece assim, Alice.

E Alice falou novamente, agora bem irritada:

– Explica, Arlindo, o sumiço do Kafil deve ter a ver

com você! E o que você quer nesse armário? O que você procura? Ou melhor, o que você esconde?

Orelha, que até então estava quieto, só observando, se meteu:

– Caaalma! Todo mundo fala, ninguém escuta! Tô tonto. Vamos por partes. Arlindo, você tem que se explicar... o que está realmente querendo aqui?

Arlindo se acalmou, mas não muito, e diante da cara de espanto de todos ali, não teve escolha:

– Bom, é um pouco complicado, mas fascinante. Vou explicar sim. Prestem atenção.

Parecia um professor:

– Quando fui chamado para trabalhar na restauração desse engenho, fui pesquisar como ele era na sua forma original, para fazer meu trabalho da melhor maneira possível, deixar esse lugar exatamente como era no século XIX.

Eduardo ouvia atento, assim como todos os outros:

– Arlindo, você realmente foi muito bem recomendado. É considerado um ótimo profissional.

– Obrigado, Eduardo.

Alice estava ansiosa:

– Tá, mas e aí?

– Aí, Alice, que descobri que esse engenho poderia ser um lugar que abrigou Domingos Fernandes Calabar na época em que ele lutou ao lado dos holandeses. Calabar, que foi também um senhor de engenho, provavelmente foi amigo do senhor desse engenho. Enfim, se isso fosse verdade, poderia haver documentos escondidos aqui! Imagina! Calabar até hoje é considerado vilão para uns e herói para outros. Nunca se soube por que ele mudou de lado. E o senhor desse engenho, por que teria abrigado um suposto traidor? Isso é muito curioso, no mínimo.

Alice interrompeu:

– E por que ele foi para o lado dos holandeses? Você tem um palpite?

– Não. Nenhum! Alguns historiadores acham que foi por dinheiro, poder, reconhecimento, glória. Mas será que foi porque Calabar acreditava que os holandeses fariam mais por este país do que os portugueses? Se realmente existirem, são documentos históricos raríssimos! E ainda há os túneis...

– Que túneis?

– Eduardo, há lendas nessa região que falam de túneis secretos, escavados para esconder muito ouro, verdadeiros tesouros que os portugueses teriam guardado. Por isso eu procurava paredes falsas, entenderam? Agora, por favor, me deixem olhar esse armário!

– Você acredita em lendas, Arlindo?

– Acredito até que se prove o contrário, Alice. Por isso estou procurando. Uma lenda pode ter uma verdade dentro dela.

– E quanto a Kafil? O que você sabe sobre o sumiço dele?

– Nada, Alice. Eu o vi escondido, me espiando, mas ele fugiu assustado. Eu fui atrás dele para acalmá-lo, mas o perdi de vista. Aliás, estranho, achei que ele estava escondido aqui, nesse depósito velho, mas não o encontrei. Eu tinha quase certeza de que o vi entrando aqui.

Maria, Orelha e Alice gelaram. Tinham que contar sobre a lenda de Aqualtune para então encontrar Kafil. Era hora de os adultos saberem o que estava acontecendo. Eles se olharam e, sem falar nada, chegaram à mesma conclusão:

– Arlindo, esse armário pode esperar. Já está aí há séculos, alguns minutos a mais não farão diferença. Também temos algo a explicar.

Diante do tom sério dela, até Arlindo concordou:

– Você sabe de alguma coisa sobre isso, Alice?

– Não exatamente, Arlindo. Mas sobre uma lenda em especial sim.

– Então conta logo.

Ela pigarreou, colocou parte do cabelo para trás das orelhas e falou de uma só vez:

– Vó Cambinda nos contou sobre a lenda da escrava Aqualtune, que, por coincidência ou não, tem o mesmo nome que o meu.

Arlindo se confundiu:

– Você não se chama Alice?

– Sou Aqualtune, mas nunca aceitei esse nome, por isso virei Alice, mas não é o mais importante aqui. O que a vó contou é que a escrava Aqualtune, no século XVII, fugiu desse engenho para o Quilombo de Palmares. Quando ainda vivia aqui, ela escondeu no meio da mata um tesouro que trouxe da África, para não ser roubada pelos feitores. Ela fez um mapa do lugar onde tinha escondido o tal tesouro. Na fuga para o quilombo, ela não conseguiu levar esse mapa e também nunca voltou para pegar o tesouro. A escrava Aqualtune foi avó de Zumbi. Vó Cambinda é descendente deles.

– É só uma lenda, Alice.

– Arlindo, é mais do que isso. É uma tradição oral, sabe, na África as histórias eram passadas assim, de geração para geração, você sabe. Histórias contadas, de pais e mães para os filhos, netos. Quem disse que não é verdade?

– Mas é uma lenda, não é?

– E você não está aqui também por causa de uma lenda? Você acredita, senão não estaria aí, parado diante desse armário, louco para ver o que tem dentro. Só sei que Kafil desapareceu por causa da história da escrava Aqualtune! E eu acredito nessa lenda.

Nesse momento, Sonia e Eduardo se preocuparam com aquela conversa:

– Como assim, Alice, como ele sumiu por causa dessa lenda?

– Ah, Sonia... nós começamos a procurar o tal mapa.

– Então ele pode apenas ter se perdido, não é?

Sonia olhou para Eduardo e respondeu na hora:

– Ora, Eduardo, logo Kafil se perder aqui? Ele conhece tudo. Como alguém se perde assim?

– Tudo pode ser apenas uma brincadeira dele, então. O garoto é muito sagaz, esperto. Deve estar escondido de propósito.

Alice não se convenceu:

— Não, Eduardo. Não estávamos brincando. Era importante, principalmente para vó Cambinda. É a história da vida dela, dos quilombolas.

— E se for uma fantasia da vó? Imaginação de uma preta velha, um sonho, Alice?

— E se não for, Arlindo?

Nesse segundo aparece Cambinda. Usando o que se poderia chamar de fantasia. Para os africanos e descendentes como ela, porém, era uma roupa sagrada. Um manto vermelho cobria o corpo, tinha o rosto pintado, e estava cheia de colares em volta do pescoço. Nas mãos ainda segurava a máscara de Kafil.

Sua indumentária invocava nkisi kitembo, e antes que alguém perguntasse o que significava aquela roupa toda, ela explicou:

— Para o meu povo, bantu, os nkises são o mesmo que os orixás na mitologia dos iorubás. São divindades, deuses, guardiões das forças da natureza. A mãe África tem muitos povos e línguas diferentes. Cada povo tem uma maneira de rezar, cantar e dançar para os deuses. Na religião católica, por exemplo, São Francisco de Assis é o santo protetor dos animais. Para alguns povos africanos, ele é Xangô.

Esse nkisi que estou invocando, é o Kitembo, o senhor do tempo, do clima da Terra, e tem uma força vital enorme.

Sonia e Eduardo nunca tinham visto vó assim. Acostumaram-se a vê-la cuidando da casa-grande, e toda vez que visitaram o engenho, vó estava lá, com um vestido e um turbante brancos, apenas fazendo seu trabalho na cozinha. Nunca tiveram oportunidade ou até curiosidade de saber um pouco mais sobre suas crenças. Nunca visitaram a vila onde vó morava. Claro que sabiam de algumas lendas daquela região, mas para eles eram histórias do passado, sem muita importância. Mas agora era diferente. Aquela senhora ali, diante deles, era muito mais do que uma senhora com muita idade e muita imaginação. Eles enxergaram nela uma sabedoria e cultura enormes. Além disso, uma avó preocupada com o desaparecimento do neto. Era o momento de escutar o que vó tinha a dizer:

– Kafil está em perigo, eu sinto. Eu estou vestida assim para proteger meu neto, ele precisa.

Ela contou sobre a lenda de Aqualtune, e todos prestaram atenção até o fim:

– É uma lenda viva, que envolve o mistério do mapa e do tesouro do reino do Congo. O mapa existe, o tesouro também, e a menina Aqualtune está aqui para ajudar. Minha religião acredita no sobrenatural, não tem nada de fantasmas, ou mortos-vivos, e sim forças da natureza, respeito aos antepassados. Lembrar os que já se foram, pedir proteção, acreditar no que não se vê. O homem só acredita no que vê, duvida de tudo. A escrava Aqualtune existiu e deixou muito mais que uma história para se contar, deixou uma história para se ver! Mas agora a minha aflição é Kafil. É meu neto, que corre perigo!

Diante daquela história tão curiosa, diante daquela senhora tão diferente deles, diante de todos eles, aquela lenda não parecia fantasia. E diante de Alice, que na verdade era homônima da escrava Aqualtune, tudo ficou muito mais intrigante. Vó estava inquieta, apressada:

– Onde está ele?

– Nós vamos procurar, vó. Começamos por esse armário, disparou Arlindo. Pode ter alguma coisa. Até o tal mapa.

Ele nem esperou. Com muito cuidado e luvas nas mãos, pegou algumas caixas de madeira guardadas há séculos naquele móvel abandonado. Fotografias antigas, dos avós de Maria, dos bisavós, do engenho, do cotidiano daquelas pessoas. Nada de especial para Arlindo, mas emocionante para Sonia. A surpresa veio logo. Dentro de apenas uma das caixas, a mais resistente, que parecia ser feita de uma madeira forte, de macacaúba, Arlindo viu um monte de papéis grossos, protegido por uma capa dura. De tão amareladas, algumas folhas, estavam quase ilegíveis; outras, despedaçadas pelo tempo, quase se desintegrando ao menor toque. Todo mundo ali imóvel, menos Arlindo, que com pinças e trejeitos de restaurador, separava com paciência o bloco de papéis.

Ele deu um grito:

– Achei!

Alice se arrepiou:

– É o mapa, não é?

Era o diário do senhor do engenho. Os olhos de Arlindo brilhavam, enquanto ele segurava aquele objeto delicado e precioso.

– Não. Ainda não, Alice. É o diário! Ele existe! Quer dizer, ainda preciso provar que é autêntico, verdadeiro, mas é um achado!

Vó deu alguns passos. De olhos fechados, segurando a máscara do neto com força, ela apontou para a parte de trás do armário:

– Vocês podem arrastar esse móvel só um pouco? Kafil esteve aqui. Sinto o perfume dele.

Arlindo, Eduardo, Orelha e Miguel empurraram o pesado armário apenas o suficiente para ver um buraco no chão.

E, além do buraco, diante deles a grande e maior surpresa: no chão, pela metade, um desenho grande, rabiscos aparentemente, num papel que mais parecia pergaminho, um tecido.

Orelha levou um susto:

– Nossa, o que é isso?

Arlindo, com o cuidado de sempre, se arriscou entre o armário e o buraco, esticou o braço e, segurando com a ponta dos dedos, agarrou o pedaço do documento. Ele olhou com atenção diante dos olhos arregalados de todos, principalmente da vó:

– É o mapa de Aqualtune, não é?

– É um desenho sim, vó, uma trilha, parece um mapa. Só pode ser! Era esperta essa escrava. Fez o desenho num pergaminho. Vocês sabem por quê? Ela sabia!

– Como assim?

– Ah, vó, esse tipo de material é feito de pele de

animal, da época da Idade Média, é resistente, dura muito. Uma escrava, que não era letrada, guardou seu segredo num pergaminho, sabendo que poderia durar séculos! Incrível!

– Então agora você acredita na lenda? Hein, Arlindo?

– Completamente, Alice! Tantas descobertas que estou atordoado! Esse engenho tem que ser preservado e conhecido mundialmente! É um patrimônio histórico!

– Mas e o mapa? O que diz aí? E meu neto? E Kafil?

Eles prestaram atenção nos rabiscos tentando encontrar algum sentido, alguma referência.

Vó espiava com os dois olhos ainda mais arregalados e não largava a máscara de Kafil:

– Eu reconheço! Aquelas montanhas, ficam pra lá do rio, pra lá da vila.

– Mas o lugar é enorme, vó! Estamos numa serra, cercados de floresta!

– Precisamos achar a outra metade do mapa, deve ter algum detalhe que nos levará a Kafil e ao tesouro!

– Claro, é o único caminho, Maria, mas onde pode estar essa outra parte?

– A outra metade está com Kafil. Não parece óbvio? Ele entrou nesse depósito, tanto que Arlindo veio aqui atrás dele. Aí, esperto do jeito que é, se escondeu atrás do armário. Ele caiu nesse buraco e levou com ele o outro pedaço do mapa!

Todos olharam para Alice. Ela estava certa. Era óbvio.

Kafil estava finalmente livre daquele buraco. Arrastou-se por uma distância enorme, sem pensar em desistir. Abria devagar os olhos, já que custavam a acostumar-se com a claridade. Agarrada na sua mão esquerda estava a metade do mapa que rasgou quando ele caiu pelo buraco. No escuro não podia ver exatamente o que estava segurando, mas sabia que poderia ser algo importante, por isso não o largou em momento nenhum. Sua mão estava rígida, os dedos duros, mas aos poucos conseguiu retomar os movimentos de abrir e fechar. Não sabia para onde olhar primeiro, se para o documento ou para o lugar em que estava, e tentava se localizar.

Quando os olhos puderam enfrentar a luz do dia, ele percebeu pelo horizonte, pelas montanhas que se mostravam perto do céu, que não estava tão longe de casa, mas ainda assim estava perdido.

Aconchegou-se a uma pedra entre duas árvores para descansar um pouco e pensar. Olhou para o próprio corpo, viu as feridas e os arranhões, eram vários cortes que agora, com o corpo frio, começavam a arder ao mesmo tempo. Nada de mais grave do que aquela dor suportável. Kafil era menino do mato, acostumado a subir e descer de árvores, escalar terrenos e nadar em rios. Tinha o corpo marcado de travessuras.

Depois de ter certeza de que estava bem, era a hora de analisar o papel, que cuidou para não perder. Ele o desdobrou com cuidado, o material era forte e resistente. Só não resistiu mesmo quando ele caiu no buraco atrás do armário e infelizmente o rasgou pela metade. Ele olhou para o desenho, rico em detalhes, e ficou impressionado. Revelava um lugar muito familiar, mas ele não conseguia se lembrar onde era. Era um desenho de uma floresta, cheio de árvores parecidas entre elas, algumas trilhas e parte de uma casa. Ele reconheceu: era o engenho, cortado pela metade, e muito apagado. Até aí, não viu nada que pudesse sugerir um mapa que levasse ao tesouro de Aqualtune. Olharia com mais calma depois, agora precisava encontrar outro caminho que o levasse de volta.

Queria avisar a todos que estava vivo, queria abraçar a vó e tranquilizá-la, queria ver Alice, sua namorada, sua primeira namorada, de quem realmente gostava muito. Naquele momento queria estar atrás da máscara, protegido. Ela o tornava mais forte e confiante. Queria não estar com medo de algum bicho grande que poderia estar de tocaia, como uma cobra-jararaca, uma cutia, um gambá, ou quem sabe abelhas selvagens, até o sapo-cururu. Ele tinha horror de sapos, dizia sempre para a vó: "São gelados, pegajosos, nojentos", e a vó ria, balançando os ombros, achando graça do neto.

Foi ele se lembrar disso e sentiu os olhos se encherem de água. Estava fraco, tinha fome e muita sede. A garganta estava seca, não tinha nem saliva para engolir. Precisava achar um rio, beber água e aí voltar a ser o Kafil feito um preá, ligeiro e sagaz. Aguçou os ouvidos para perceber de onde vinha um distante barulho de rio. Seguiu sua intuição.

***

Alice matou a charada. Pelo menos uma delas. Kafil escorregou por aquele túnel de terra avermelhada e poderia mesmo estar em sérios apuros. Eles tinham que achar outro caminho para encontrar o garoto. Descer pelo mesmo lugar que Kafil era perigoso demais, um buraco escavado de qualquer maneira, estreito, sufocante.

A única alternativa era descer por fora da casa-grande e seguir pelo jardim em direção ao norte, onde aparecia o horizonte recortado de montanhas, igual ao da metade do mapa que eles tinham. O rio que cortava o terreno nessa direção era de correnteza forte em alguns lugares, com pedras e água turva. Era também traiçoeiro, porque enganava sobre a profundidade. Como a água era lamacenta, o fundo não era visível, e não dava para saber se estava raso ou não. A quantidade de pedras que apareciam na superfície ajudava a confundir ainda mais. Foi Sonia quem falou do perigo do rio:

– Mas nada de atravessar o rio! Esse rio não, vocês estão proibidos, Maria, Alice e Orelha!

Eles não responderam com palavras, mas concordaram com a cabeça. Não era hora de discutir.

A tarde chegava com pressa e com nuvens. Precisavam se organizar em grupos para encontrar Kafil antes de anoitecer.

Eduardo e Arlindo entraram em um acordo rápido:

– Bom, Arlindo, eu e Sonia ficamos com os meninos, e você e Miguel...

Antes que ele pudesse terminar, Arlindo interrompeu:

– Eu e Miguel, sozinhos? Não conheço esse terreno, vamos nos perder também! Vamos nós quatro, eu, Miguel, você e Sonia. Deixamos Alice, Orelha e Maria cuidando da vó!

Eduardo concordou na hora, e Sonia também:

– Ótimo. Vó precisa mesmo de carinho e companhia nesse momento.

Vó ouviu a conversa, mas não estava nada tranquila:

– Não sou eu que preciso de companhia agora. É Kafil. Ele vai estar em apuros logo. A Bamburucema está chegando.

– Vó, explica essa história. A senhora fala dessa Bamburucema o tempo todo! Por quê?

Vó fechou novamente os olhos:

– Menina, para nós, bantus, o tempo é tão importante que ele é um nkisi, um deus. E o deus Kitembo é o próprio tempo, é o poder, o ciclo vital. É o senhor das estações do ano, do frio, calor, secas, tempestades, do tempo da vida na Terra, e a Bamburucema é a grande deusa das tempestades, raios e trovões. Eu estou pedindo a proteção de Kitembo para afastar a Bamburucema!

– Vó, quer dizer que vem uma tempestade forte por aí? Como a senhora sabe disso?

– Ah, Maria, por causa de uma parte da lenda de Aqualtune.

Vó endureceu a voz:

Antes da terceira Bamburucema, Aqualtune vai voltar
E consigo o tesouro ela vai trazer
E o mundo inteiro vai conhecer
A história de um povo que vai se revelar

Mas se Bamburucema vencer
Um povo inteiro ficará sem voz
Nunca ninguém vai saber
Que diante dessa força feroz
Tudo que seria valioso
Se transformará em misterioso

Eles ouviram e escutaram cada palavra. Cada significado. "Mas e se a Bamburucema vencer"? Estavam intrigados, procuravam respostas. Orelha olhava para Maria, que olhava para Orelha também. Alice olhava para Sonia, que buscava respostas em Arlindo, que por sua vez esperava alguma ideia de Eduardo, que espiava pela janela:

– Olhem para o horizonte! Realmente, vem chuva sim, mas está tão longe.

As nuvens se acumulavam atrás das montanhas, formando um paredão negro, mas nada aparentemente ameaçador para eles, tão distantes daquele céu pesado, pelo menos para Arlindo:

– Mas essa tempestade está se formando a quilômetros daqui, Eduardo. Não tem perigo.

De repente, o tão calado e quase invisível Miguel, o assistente de Arlindo, se levantou e disse uma única e bombástica frase:

– Tromba-d'água! Vem uma tromba-d'água, uma cabeça-d'água!

Miguel deu um susto em todo mundo ali. Primeiro, porque quase não falava, depois porque foi muito astuto e perspicaz:

– Caramba, é isso!

– O que é isso, Eduardo?

– A tromba-d'água. Miguel foi perfeito, Alice. Vai chover muito lá na cabeceira do rio, onde ele nasce, aí o rio aumenta seu nível de água muito rapidamente, provocando uma enchente. Essa água desce com uma força incrível, causando muita destruição!

Sonia se desesperou:

– Ainda mais esse rio, que já é perigoso!

– A Bamburucema! Então é isso, vó?

– É, menina. Não temos tempo! Kafil está na rota dessa tromba-d'água!

Agora estava entendido tudo sobre o tempo que vó tanto falava. Era mais do que o tempo ruim, chuva, frio, era na verdade uma corrida contra o tempo para salvar Kafil de uma tragédia, até porque ele não teria como saber o que estava por vir.

Vó se levanta, toma o mapa das mãos de Arlindo e procura desesperadamente por alguma resposta. Sabia que o neto também fazia a mesma coisa com a outra metade, e se ela conseguisse decifrar aquele desenho, poderia ao menos saber a direção para onde Kafil iria. Mas nada de especial a fez decifrar o mapa. Por um instante, vó viu as esperanças se perderem. Mais do que o tesouro da lenda de Aqualtune, ela queria Kafil de volta, seguro.

Ela se agarrou nos pensamentos, na intuição. Enquanto se concentrava, Eduardo, Sonia, Miguel e Arlindo, agora de posse do mapa, saíram apressados para tentar achar o menino:

– Vocês fiquem aí. Estão proibidos de sair.

Eduardo falou sem esperar pela resposta, que não veio.

Alice, Orelha e Maria se sentiam também perdidos. Como Kafil. A diferença era que eles estavam seguros dentro da casa-grande, mas sem saber o que fazer, perdidos em pensamentos e na falta de respostas.

Vó apertou a máscara de Kafil contra o peito. Tentava associar a lenda ao mapa, e lembrava a parte final da lenda, em voz alta:

A semente virou um gigante
Lugar mais seguro não há
E quando a guerreira olhar para o céu
Saberá no mesmo instante
Onde Aqualtune guardou
O tesouro tão importante.

Vó falou tantas vezes que Maria, Orelha e Alice repetiam a fala dela:
– "Semente virou um gigante"? Que semente vira gigante?
– "Lugar seguro"? Fora daqui?
– "Guerreira olhar para o céu"? No céu só tem nuvens!

O olhar de Cambinda voou para longe. E ela fez um silêncio profundo.

Vó então pensou em Nzambi Mpungu, o deus criador de todas as coisas. Alguns povos bantus também chamam de Kalunga. Só em situações extremas se reza para pedir proteção a Ele. Aquela era uma situação extrema! Mas geralmente se reza para Nzambi Mpungu fora das aldeias, embaixo de árvores, na beira dos rios. Ele não tem forma física. Ele é o princípio e o fim de tudo. Vó sabia que era perigoso demais sair naquele momento, mas precisava ir. Era a vida de Kafil, seu neto, seu descendente. Ela pensou no que já sabia dentro dela há muito tempo: salvando o neto, ela salvaria a lenda, e Kafil não podia morrer. Ele era o mais novo, ainda um jovem, e tinha a missão de contar a lenda por toda a vida dele, para que seu povo nunca se esquecesse da escrava Aqualtune. Era assim que tinha que ser. E ela estava muito velha, não podia esperar.

Precisava fugir dali, correr para a floresta. Ela sabia que jamais a deixariam sair, mesmo se pedisse, então só lhe restava escapar.

Os três, Alice, Maria e Orelha, debruçados em uma

pequena janela, olhavam para o céu, mirando o horizonte. Vó, sem nenhum barulho, leve como uma menina, sutilmente se aproximava da porta, mas sem tirar os olhos deles.

Antes de sair daquele depósito, ela olhou para Alice, com um olhar de vó, encostou as mãos nos lábios e mandou um beijo para a menina, de longe. Ainda sussurrou:

– Adeus, Aqualtune. Guerreira.

Distraídos com o movimento das nuvens no horizonte e, ao mesmo tempo, preocupados com o destino de Kafil, eles só foram perceber a ausência de Cambinda quando ela passou correndo pelo jardim, em direção à floresta e ao rio. Tarde demais até para chamar por ela. Orelha só conseguiu balbuciar:

– A vó! Fugiu!

Alice ficou arrasada. Só saiu da janela quando Cambinda sumiu dentro do mato. Seu olhar acompanhou a vó até onde pôde. Ficou sem voz naquele instante, e com muito medo.

Orelha pegou Alice pelo braço:

– Vamos, Alice, temos que correr, se formos rápido, nós a alcançaremos!

– Não me chame mais de Alice. Chega. Sou Aqualtune. Guerreira. Nome forte, diferente, meu nome, Aqualtune!

Maria ficou impressionada, nunca viu a amiga assim, tão cheia de sentimentos misturados. Tristeza, saudade, preocupação, força, esperança, medo e coragem ao mesmo tempo. Sentiu um enorme orgulho da amiga.

Orelha também sentiu a mesma coisa e resolveu apoiar a amiga:

– Adorei! Vamos abolir os apelidos! Daqui por diante também não sou mais Orelha. Sou Guilherme, forte, lindo, imponente...

Ele tentou se descontrair, mas estavam tensos demais com tudo que estava acontecendo.

Não podiam perder mais nenhum segundo.

Saíram os três juntos, com a promessa de que não se separariam jamais.

***

Kafil não tinha sua máscara no rosto, mas tinha a vó no coração. Sentia a vó, como se Cambinda estivesse rezando para ele. Ainda com a garganta seca, o estômago reclamando de fome, ele caminhava por entre o mato alto, na direção do rio. De repente a luz do dia caiu, não era só por causa do lusco-fusco, aquele intervalo em que a noite não chegou e o dia ainda não acabou. A luz caiu por causa de uma massa de nuvens pesadas e pretas que cobriam quase todo o céu. Kafil estremeceu.

Eduardo, Sonia, Arlindo e Miguel seguiam para o lado oposto de onde estava Kafil. Sonia lamentava não lembrar mais nada de suas aventuras de infância naquele lugar:

– Olhem, a capela! Ainda está preservada! Mas em volta, tudo mudou! Não reconheço mais essa mata. E eu brinquei tanto por aqui, mas ficou lá no passado, na minha memória de criança. Não sei se estamos no caminho certo, acho que o rio está depois daquela morro lá!

– Você só não pode se perder, Sonia. Em algum momento, temos de voltar!

– Não, Arlindo, estou decorando o caminho, fica tranquilo, sou ótimo em me localizar, tenho boa noção espacial!

– Ufa, que bom, Eduardo, porque eu não tenho nenhuma!

– Tá tudo bem, Arlindo, vamos nos concentrar.

O mais concentrado de todos era Miguel. Calado como sempre, ele reparava em todos os detalhes do caminho.

Eles também perceberam quando o céu escureceu. E cada um deles foi tomado por um arrepio. Sentiam uma umidade no ar, fruto da chuva que se anunciava, ou da imaginação.

Maria, Guilherme e agora também Aqualtune corriam o mais rápido que podiam; se estivessem na trilha certa, já teriam encontrado Cambinda, mas ela desapareceu:

– Gente, cadê a vó?

– Calma, Aqualtune, não chora, fica calma!

– Como, Maria? Agora precisamos achar a vó e Kafil! Aqualtune tá nervosa com razão!

Aqualtune olhou para eles, tentando falar, segurando os soluços:

– Não! Não, Guilherme! Vocês não percebem o que

está acontecendo? Temos de fazer uma escolha, não podemos achar os dois, não temos tempo! E vó sabia disso quando fugiu. Não é para procurá-la, é para achar Kafil, meu namorado, meu Kafil! Vó se foi!

Ela não segurava o choro, e imediatamente a tristeza tomou conta de todos eles. Maria e Guilherme sentiam as lágrimas lhe escorrerem pelos rostos: "ela tem razão", eles pensaram.

Eles estavam na trilha certa para encontrar Kafil. Num instante uma sombra tomou conta do horizonte. As mesmas nuvens, carregadas. Eles se arrepiaram e estremeceram.

***

Cambinda se ajoelhou numa parte plana da floresta, cercada de árvores de um mesmo tamanho. Vó tinha um enorme respeito pela floresta e todos os bichos que moravam nela. Tirou as sandálias e tocou o solo frio com seus pés. O contato do corpo com o solo úmido lhe dava uma sensação de aconchego, de tranquilidade. Encostou a palma das mãos em um dos troncos da árvore de frutos ainda verdes, prontos para amadurecer.

Vó rezou com uma fé enorme, com o coração cheio de esperanças. Logo se lembrou de uma lenda africana e sorriu. Sorriu de novo, e tanto, que seus ombros voltaram a balançar.

Era a lenda de Mutakalambo, uma divindade que vive na floresta. Ele era um caçador, e um dia entrou na floresta para mais uma caçada para alimentar a sua tribo. Só que percebeu a floresta diferente, tinha uma névoa estranha. Entardeceu, a névoa fez com que Mutakalambo se perdesse na floresta. Ele ficou perdido por vários dias, faminto e amedrontado, mas nunca pensou em desistir de encontrar o caminho de volta. Então, de repente, uma nuvem de abelhas o envolveu e o levou para uma árvore sagrada. Era uma árvore majestosa, que simbolizava seus antepassados. E lá, dentro do tronco dessa árvore, Mutakalambo se alimentou com seiva e mel, se fortaleceu e, quando a névoa se dissipou, ele encontrou o caminho da tribo, o caminho de casa. Estava salvo.

Vó soprou com todo o fôlego que tinha, e o grito dela se embrenhou na floresta:

— Kafil, a gameleira! Encontre a gameleira, e a Bamburucema não vai pegar você, lá está o tesouro de Aqualtune. Você estará a salvo.

O céu ficou preto, mas vó não se arrepiou, muito menos estremeceu. Ela sabia que não tinha mais tempo.

A chuva finalmente deixou de ameaçar e caiu de uma só vez. Começou distante, na cabeceira do rio.

***

Kafil ouviu sua intuição. Antes de achar água, ou comida, precisava encontrar um abrigo.

O som de um forte trovão ecoou no céu, e ele correu em direção à mata fechada. Kafil não seguiu nenhum roteiro, mas o coração. E ele estava ligado a Cambinda. Foi naquele momento que olhou para dentro, não para fora: entrou na mata determinado e soube que estava no lugar certo. Parou de repente, diante do tronco mais incrível que já tinha visto na vida. Tão imponente como o baobá, uma árvore de raízes profundas, muito antiga, cheia de sabedoria e histórias. Ele abriu o mapa nas mãos e olhou com toda a concentração que podia. Num canto do mapa, estava lá, desenhada, a metade dessa árvore, destacada de todas as outras da floresta. Era a mais alta e forte. Kafil não teve dúvidas: era ali que tinha de estar naquele momento, era nessa árvore que precisava se abrigar, era ali que estava o tesouro de Aqualtune.

Ele analisou por onde poderia subir na gigante árvore. O tronco tinha várias fendas e era usando esses buracos que Kafil escalaria o mais alto que conseguisse. Ele prendeu o mapa nos dentes, para deixar as mãos livres, e com cuidado e paciência começou a escalada.

Apoiou o pé direito e, usando a força dos braços, ergueu o corpo no ar, enquanto procurava espaço para o outro pé e assim seguir para o alto. Ele sempre subiu em árvores para brincar, mas nunca em uma daquele tamanho, daquela altura. Kafil estava numa lendária gameleira africana chamada mulemba. As mulembas são sagradas para os africanos. Era em volta destas árvores, abençoadas pela farta sombra, que as pessoas se entendiam, conversavam, encontravam as respostas e a verdade sobre todas as coisas. Assim era no reino do

Congo, onde viviam seus antepassados. Essa árvore faz parte da cultura e folclore africanos, representa a morada dos antepassados. Não era por acaso que suas raízes estavam ali, naquele lugar, que serviu de rota para a fuga de escravos em busca da liberdade no Quilombo dos Palmares. Aquela gameleira era cultuada desde o tempo em que o engenho funcionava, produzindo cana-de-açúcar e escravos e, por incrível que pareça, é a árvore que protege seu povo das tempestades. Kafil ainda não sabia disso.

***

O som de outro trovão foi ouvido por toda a floresta.

Eduardo, Sonia e os outros dois, Arlindo e Miguel, pararam de caminhar imediatamente:

– Não temos mais tempo. Nem para seguir nem para voltar!

– O que vamos fazer, Eduardo? E Kafil?

– Sonia, eu acho que ele a essa altura deve estar em algum lugar seguro. Ele é esperto e já percebeu que o tempo fechou. Correremos muito risco se continuarmos. E vó Cambinda, Guilherme, Alice e Maria estão em casa, protegidos.

Miguel e Arlindo concordaram de pronto, mas Miguel tinha o rosto apavorado:

– Para onde vamos? Eu não sei nadar!

– Para a capela!

Eduardo aceitou na hora:

– Isso, Sonia, vamos para lá agora! A capela fica numa parte mais alta, estaremos seguros se a cabeça-d'água chegar até aqui! Eu sei o caminho, não disse que me oriento bem?

E assim eles foram o mais rápido que puderam.

***

Já com Maria, Guilherme e Aqualtune – que não queria mesmo ser chamada de Alice –, o momento era mais tenso.

Depois de também escutarem o estrondo do trovão, eles não tinham a menor ideia de para onde ir. Aqualtune só se lembrava da tromba-d'água. Eles andavam sem direção, mas com rapidez e desespero. De repente outro trovão e a certeza de que a chuva já caía na cabeceira do rio:

– Vamos, não temos tempo. Escutem! Vamos nos esconder e procurar Kafil depois.

Eles se deram as mãos e correram, como Kafil fez alguns minutos antes, para dentro da floresta.

Aqualtune pensava rápido e se lembrava da parte da lenda que vó contou naquele depósito.

A semente virou um gigante
Lugar mais seguro não há
E quando a guerreira olhar para o céu
Saberá no mesmo instante

Onde Aqualtune guardou
O tesouro tão importante.

– Semente... Gigante, lugar seguro... Guerreira olhou para o céu... Ela repetia sem parar.

E foi justamente o que ela fez. Olhou para o céu, e de repente tudo fez sentido.

Diante dos olhos de Aqualtune a semente que virou gigante, a gameleira, a mais alta de todas as árvores, o lugar mais seguro para eles se protegerem. Ela se entusiasmou:

– Achei! Aquela árvore, olhem! Vamos para lá.

Foi um encontro maravilhoso. Os três, aos pés da gameleira, entre as fortes raízes que mais pareciam troncos, e lá no alto, no galho mais alto, Kafil, que gritava sem parar:

– Alice! Orelha! Maria! Aqui em cima! Estou aqui!

Eles não podiam acreditar:

– Kafil! Achamos você! Ou você nos achou, não importa! Maneiro te ver! Vamos subir!

– Vou ajudar vocês. Primeiro o pé direito naquele buraco ali. Maria, presta atenção dessa vez, não faz como quando a gente caçou vaga-lumes. Pé direito, mão esquerda, tá?

Aqualtune estava radiante em encontrar o namorado. Mas antes de começar a subir na gameleira, ela reparou numa raiz bem na sua frente, grossa, retorcida, e em uma aparente toca de bicho:

– Que tipo de bicho se abriga em árvore, Kafil?
– Aqualtune, não é hora para isso. Vem, sobe.

Maria e Guilherme estavam se saindo bem na escalada. Mas a teimosa Aqualtune insistia:

– Espera, deixa eu ver uma coisa aqui.

Ela enrolou a mão na ponta da blusa, esgarçou a malha o quanto podia e, sem medo, como uma guerreira, enfiou a mão dentro da toca abandonada. Não tinha nenhum bicho, mas ela encostou em uma coisa pontiaguda. Desenterrou-a e puxou-a com os dedos, e lá estava ele, na mão dela: o tesouro da escrava Aqualtune. A estátua de marfim linda, toda trabalhada, e junto dela, presa a sua volta, a tiara dourada da princesa.

Um terceiro trovão fez um barulho no céu. Kafil ficou nervoso:

– Aqualtune, é a Bamburucema. Vou descer para te buscar.

Maria e Guilherme já estavam seguros, mas Aqualtune ainda olhava para o tronco, tentando se equilibrar com a estátua nas mãos. Não tinha como subir com a estátua, mas nem pensava em largar o tesouro:

– Calma, gente, estou indo, não posso deixar o tesouro! A lenda era verdadeira! Olhem!

O tempo fechou de vez, e um barulho de água começou a ser ouvido. Ficou assustador.

Kafil nem pensou duas vezes. Desceu com a mesma agilidade de um esquilo e logo estava do lado dela:

– Aqualtune, o importante agora é a gente se proteger! O tesouro vale muito, mas nossas vidas valem muito mais. Deixa ele aí no chão, vamos subir, eu te ajudo!

– Não! Sem ele não vou! É pela vó Cambinda.

– Teimosa! A vó quer encontrar a gente bem!

Kafil nem imaginava o que teria acontecido com a vó.

Guilherme e Maria também gritavam, na tentativa de fazer com que Aqualtune subisse logo, mas ela não arredava pé:

– Kafil, ou você me ajuda, ou eu vou sozinha mesmo. Mas com o tesouro.

Ele não teve opção. Segurou a escultura com uma das mãos, arrancou um pedaço da blusa, envolveu e prendeu o objeto com um nó, junto do seu corpo.

Ele também orientava Aqualtune, direcionava seus pés e mãos.

De repente uma lama escura começou a encharcar o solo e foi ganhando força, junto com pedras que rolavam pela floresta. Algumas árvores se curvavam diante daquela força da natureza, mas não chegaram a cair. A gameleira sequer balançou seus galhos. O tempo foi preciso, e o Quarteto Fantástico estava reunido e seguro.

Impossível para Aqualtune não pensar em Cambinda. Mas não era hora de falar dela, de sentir preocupação. Era hora de esperar o dilúvio passar, hora de olhar para Kafil com carinho. Aqualtune estava recostada em um galho até que confortável para uma árvore tão antiga e dura. Kafil finalmente pôde olhar para a escultura de marfim, e eles juntos ficaram impressionados com tanta beleza, tanto detalhe. A aparência de uma guerreira, de cabelos compridos, forte, alta, mas com um olhar doce:

– A escrava Aqualtune... acho que essa escultura tem a imagem dela, vocês não acham? Aqualtune... Temos o mesmo nome. Incrível coincidência. E essa tiara? Tão simples e elegante...

– Claro. A estátua é dela sim! – disse Maria, encantada. – Era uma mulher linda, hein?

– Pô, era mesmo. Uma princesa. Bonito seu povo, Kafil.

– Valeu, Guilherme. Vó vai amar ver essa imagem! É só esperar um pouco, quando a água parar de descer, a gente volta para casa.

– Mas você sabe o caminho, Kafil?

– Estamos na árvore mais alta daqui, gente. Olha para lá, Maria, naquela direção está o engenho. Vocês estão vendo o telhado, lá? É a capela. Agora é só uma questão de tempo para estarmos em casa.

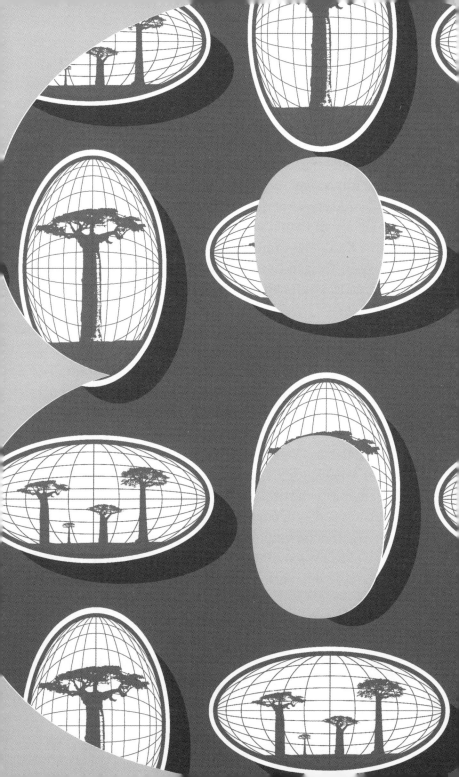

O barulho da água que descia do morro próximo à capela assustou Arlindo e os outros. Mas por incrível que pareça, a construção era forte e resistiu à tromba-d'água. Foi tudo muito rápido. A chuva, mais fraca, ainda não dava trégua e, com a escuridão da noite, era impossível sair dali. O único conforto para Sonia e Eduardo era saber que pelo menos Aqualtune, Guilherme, Maria e vó Cambinda estavam seguros em casa. Quanto a Kafil, eles também torciam para que o menino estivesse abrigado e bem. Não podiam imaginar que, na verdade, só eles ali, escondidos na capela, estavam protegidos:

– Agora é só esperar, Sonia. Você vai ver, vai dar tudo certo.

Ela deu um sorriso, tímido, mas com esperança:

– Vai sim. Sabe, Eduardo, tanta história nesse engenho, né, e a gente nunca prestou muita atenção. A lenda da escrava Aqualtune, o diário do senhor, a história de Calabar... Vamos transformar esse engenho num lugar especial, sei lá, para que as pessoas visitem, conheçam outra cultura, como a da Cambinda, conheçam as histórias daqui, o que você acha?

Arlindo se empolgou na hora:

– Ideia maravilhosa! E pensar que ainda temos muito o que descobrir aqui, sobre os túneis de que falei... esse lugar é um sítio arqueológico! Tem que ser preservado! Eu estou junto, e contem comigo.

Eles conversavam sobre o futuro, mas logo decidiram voltar para casa. Estavam ansiosos para ter notícias de Kafil, e contavam que ele já estaria junto com os outros no engenho. Quem tomou a frente foi Eduardo, com a ajuda de Miguel, sempre quieto, mas bastante atencioso: sabia o caminho até de olhos fechados.

***

Distante dali, encharcados pela chuva, mesmo debaixo da imensa copa da gameleira, o Quarteto Fantástico só pensava em ir embora. A água já havia descido morro abaixo, e o que restava era um solo escorregadio e lamacento. Eles estavam com frio, fome, sede, joelhos e cotovelos ralados, e exaustos.

Como acontece em filmes de aventura, quando um grupo se perde, sempre surge um líder para salvar a todos, encontrando o caminho de casa. E geralmente esse líder é o mais confiável de todos, ou, pelo menos, é aquele que todos acreditam poder salvá-los. O líder óbvio do grupo seria Kafil, por conhecer os segredos da floresta, e foi assim que aconteceu. Foi ele quem disse a que horas e em que ordem cada um deles deveria descer da gameleira. A chuva ainda não tinha terminado, estava escuro, mas ele sabia que a fome e a sede seriam um problema maior se eles demorassem. Maria estava sonolenta, Guilherme irritado, e Alice, por mais estranho que parecesse, não dizia nenhum "por quê". Aliás, ela nem falava mais. Era então o momento de desafiar a noite e sair dali.

Guilherme se lembrou de uma coisa importante.

Remexeu os bolsos da bermuda em busca da lanterna pequena que, junto com o apito, sempre andava com ele. Mas, encharcados de chuva, a lanterna não acendia, e o apito, esse, mesmo soprando de todo jeito, não emitia nenhum som, nada.

O importante naquele momento era descer com calma, do mesmo jeito que subiram na gameleira. Kafil resolveu ir na frente, para mostrar exatamente onde eles deveriam pisar:

– É só vocês olharem bem para os meus pés e mãos. Maria vem logo depois de mim, Aqualtune em seguida, e você, Guilherme, dá cobertura para elas, tá?

– O senhor manda, chefe, estamos na sua tribo, não é? Mas lá na cidade, quem dita as regras sou eu, valeu?

– Você tá nervoso, Guilherme? Tudo bem, pode assumir, vem, Orelha, quer dizer, Guilherme!

Kafil estava equilibrando o tesouro, ajudando Maria com uma das mãos e ainda olhando onde pisava. Era coisa demais para ainda ter que bater boca com o metido, e ele se irritou:

– Vem cara, se você tá competindo, ganhou. Agora é com você! Quer se mostrar? Então aparece!

Ele nunca falou daquele jeito com eles, mas perdeu a paciência. Ao contrário de Guilherme, Kafil foi criado sem essa besteira de querer aparecer. Para Kafil, cada um tem seus talentos, era assim na vila, cada um era melhor em alguma coisa e era assim que o seu povo somava forças, cada qual na sua função. Kafil só não tinha aprendido a lidar com a imaturidade de

Guilherme e ficou tão bobo quanto ele:
– E aí, não vem?
Aqualtune e Maria deram um basta:
– Parem com isso!
E cada uma delas se dirigiu ao próprio namorado:
– Pô, Guilherme, deixa de ser ridículo, o Kafil conhece o caminho!
– Ué, não foi isso que eu disse quando chamei ele de chefe?
Maria deu um berro:
– Chega!
– E você, Kafil, para de responder feito uma criança e continua a descer!
– Ué, só fui gentil com ele.
Aqualtune também berrou:
– Chega!
– Desculpa aí, cara, vou te seguir...
– Pô, foi mal aí, me segue então...
Era muito difícil caminhar naquela escuridão, com tanta lama espalhada. Eles desceram da árvore sagrada e decidiram dar as mãos, fazendo uma corrente forte para não se perderem uns dos outros. O caminho de volta não era mais o de antes. A tromba-d'água desenhou várias outras trilhas, transformou antigas passagens e criou outras desconhecidas. O jeito era se arriscar sem muita orientação.

Kafil era mesmo um garoto esperto, mas por ainda ser jovem, não tinha muita experiência, muito menos em situações tão difíceis. Nunca havia se perdido antes, vivia aventuras, mas sempre sem riscos maiores. E essa inexperiência o fez errar completamente, contrariando seus instintos sempre afiados. Ele confundiu o barulho da chuva que ainda caía sobre a mata com o som da correnteza do rio. E em vez de escolher uma trilha que o levasse para o mais longe possível do rio, a cada passo se aproximava mais do perigo.

Já com Arlindo e seus companheiros a história era oposta. Miguel, apavorado com sua inabilidade na água – não sabia nem boiar –, percebeu direitinho que o som das águas que ouvia era do rio que estava próximo deles. Tateando pelo escuro, segurando galhos compridos que serviam de apoio, como um cajado, eles pegaram a trilha correta, que os levaria direto para o engenho, sem passar pelo revolto rio.

Foi em um segundo, em um deslize, que o pior aconteceu. Kafil pisou em falso, se desequilibrou no solo encharcado e, sem ter onde se apoiar, caiu barranco abaixo, ficando preso num galho frágil, se segurando apenas com uma das mãos. O resto do corpo inteiro estava mergulhado no rio. Foi tão rápido que ele desapareceu diante de todos, e só não levou os amigos com ele, porque a mão direita que segurava a mão esquerda de Maria – com aquele objetivo de não se perderem – estava molhada e escorregou. O rio empurrava com toda a força Kafil para o fundo, numa espécie de redemoinho, o galho estava quase se partindo, e ele tentava manter a cabeça para fora da água, procurando não se afogar. Ainda tinha a estátua e a tiara presas ao seu corpo, mas o nó da malha se afrouxava cada vez mais.

Maria gritou apavorada:

– Kafil! Ele caiu no rio! Não dá para ver! Kafil?

Ele respondia, mas o som era interrompido pelos caldos que levava do rio:

– Ei... a... aqui! So... corro!

A única iluminação que permitia um momento de visão eram os relâmpagos que cortavam o céu a alguns quilômetros dali. E num desses instantes eles puderam ver Kafil, realmente em apuros, quase engolido pela correnteza.

Aqualtune pensou rápido:

– Guilherme, segura naquele cipó ali. Maria, agarra a mão dele e me segura. Vamos fazer uma corrente humana, vou descer para pegar Kafil.

Eles obedeceram na hora, não dava nem tempo de pensar.

Aqualtune se arrastou pela lama, esticou o braço e conseguiu encostar em Kafil.

Mas a correnteza era traiçoeira e formava um funil que puxava Kafil para o fundo. Guilherme não suportou a pressão, soltou o galho em que se segurava, mas não largou a mão de Maria. Os dois agora estavam dentro do rio, e Aqualtune sem entender nada ali, de pé, sozinha na margem do rio. Ela estava tomada pelo pânico, ofegante, tremendo de medo.

Mais um relâmpago, e ela pôde ver os três, juntos e embolados, se debatendo na água.

***

Eduardo e Sonia foram os primeiros a ver os fundos do engenho. Estavam cansados, mas nada tinham além da sede, da fome e do corpo moído. Eduardo achou tudo estranho:

– Ué... tudo apagado. Nenhuma luz acesa. Esquisito.

Sonia não cismou:

– Não, Eduardo, deve estar sem luz mesmo, com tanta chuva. Vamos logo, quero ver todo mundo junto, quero ver Kafil!

Eles encontraram a porta dos fundos da casa aberta. Foi por onde eles saíram antes, mas Eduardo lembrou que fechou ao sair, e é um tipo de fechadura que não abre por fora. Foi por essa porta que saíram também Cambinda e os três, algumas horas antes.

Eduardo ficou realmente cabreiro. Subiu rapidamente, pegou uma lanterna, chamou por todos, mas nada. Não havia luz, mas também não tinha ninguém ali.

Agora sim, estavam realmente preocupados. Sonia e Eduardo falavam ao mesmo tempo:

– Mas para onde foram esses doidos?

– Será que para a vila?

– Mas no meio daquela chuva?

– Por que fariam isso?

Arlindo e Miguel assistiam ao diálogo, atônitos. Não dava para entender nada.

***

Quando Aqualtune viu os três na água, se jogou no rio. Ela agora estava vivendo exatamente o que a princesa africana também viveu quando fugia dos portugueses no Congo, antes de ser capturada e se tornar escrava. A princesa Aqualtune e os três últimos guerreiros da tribo tentaram se salvar do afogamento no rio que cortava o reino do Congo. Mas só ela conseguiu sobreviver. Eles romperam a corrente humana e se perderam para sempre. Mas a menina Aqualtune não iria perder os amigos e o namorado. Ela deixou o corpo leve, e a água a levou até eles. O barulho era forte e ensurdecedor, impossível de se comunicar com palavras. Ela foi tomada por uma serenidade e calma impressionantes. Mais um relâmpago, e num instante Aqualtune soube exatamente o que fazer.

Ela mergulhou, pegou impulso e jogou seu corpo contra eles. Queria empurrá-los para um tronco caído, atravessado no meio do rio. E assim ela fez. Era um movimento agressivo, não se parecia nada com alguém tentando salvar outra pessoa, mas ela sabia que se deixasse um deles segurar nela, aí sim, no desespero ela própria se afogaria. E ela empurrava os três, batendo seu corpo contra o deles, ajudada pela correnteza.

Guilherme, Maria e Kafil tentavam agarrar-se a ela e não entendiam o que estava acontecendo. A sensação que eles tinham era a de estar cada vez mais distantes da margem, cada vez mais perdidos.

De repente eles bateram com a cabeça e, instintivamente, se agarraram ao tronco. Estavam a salvo!

Faltava ela. Mas o rio carregou Aqualtune com violência, e o tronco ficou longe das mãos dela. Kafil percebeu que o nó que prendia o tesouro da escrava Aqualtune no seu corpo se afrouxou completamente. A escultura e a tiara se soltaram. Aqualtune passou diante de Kafil, que estava na ponta do tronco.

Ele tinha segundos para decidir. Ou agarrava Aqualtune com toda a força que tinha e impedia que ela se perdesse deles, ou agarrava o tesouro e guardava aquela história da escrava para sempre.

Aqualtune afundou.

De repente ela sentiu um puxão no braço e subiu para respirar. Estava com Kafil, grudada no corpo dele, segura. Kafil não tinha dúvidas de que fizera a escolha certa.

Agora era só seguir pelo tronco até a outra margem. Eles mal conseguiam falar, de tão assustados.

Daí para frente a trilha se mostrou como era antes, e Kafil rapidamente os levou para o engenho.

Sonia e Eduardo estavam do lado de fora da casa, tentando achar alguma pista de onde estariam todos, e de repente viram quatro seres cobertos de lama negra, irreconhecíveis, surgindo por entre uma plantação de bananeiras:

– Ei! Quem vem aí?

– Somos nós, Eduardo... Eu, Aqualtune, Maria, Kafil e Guilherme!

– Alice?

– Aqualtune. Me chamem pelo meu nome, por favor.

– Meu Deus! O que aconteceu com vocês? Venham. Vamos tomar um banho, comer... Kafil! Sua vó vai adorar te ver!

– Cadê ela? Preciso dar um abraço nela. Não está com vocês?

– Não! Não está aqui? E na vila?

– Calma, Kafil.

– Não, Aqualtune. Preciso ver a vó! Ela me ajudou tanto quando eu estava perdido... Parecia que me mostrava o caminho!

Aqualtune limpou a lama do rosto com a blusa molhada. Ficou com a cara manchada de preto, parecia uma máscara. A luz da lanterna de Eduardo no rosto dela lhe deu um ar ainda mais sombrio:

– Kafil. Lembra quando vó nos contou a lenda da escrava Aqualtune e disse que iria partir? Nós ficamos com medo e não entendemos nada, não foi? Ela saiu na hora da Bamburucema, de que tanto falava.

Kafil arregalou os olhos:

– O que aconteceu com ela?

– Vó se foi, Kafil. Ela fugiu para a mata, nós não conseguimos achá-la, e aí eu entendi que era uma escolha dela. Entre salvar você e ela, nós fizemos o que ela queria. E de alguma maneira, Kafil, ela te salvou, não foi? Igual a escolha que você fez. Você me escolheu.

– Eu sei. Mas dói saber que não vou mais vê-la. Mas ela está no meu coração. Vocês fizeram o certo.

Ele sentia uma enorme vontade de chorar. Um choro de saudade e de amor.

E foi assim com todos os outros, que entenderam o que tinha acontecido.

– Você também fez o certo, Kafil.

– É, Guilherme, fiz sim.

– Do que vocês estão falando, Orelha?

– Sonia, me chame de Guilherme. O Kafil estava com o tesouro nas mãos, nós vimos, a tiara e a escultura. Entre salvar Aqualtune do rio ou o tesouro, ele segurou Aqualtune!

– Então vocês viram? Realmente o tesouro existia?

Maria contou a eles:

– Exatamente como a vó contou, mãe. Arlindo, era incrível, maravilhoso! Mas se perdeu!

Sonia achou melhor levá-los para descansar, estavam muito emocionados:

– Venham, vamos subir. Vou preparar um banho e algo para a gente comer. Já já o dia amanhece, temos que chamar os bombeiros, sei lá, comunicar o desaparecimento da Cambinda. Eduardo e Arlindo vão cuidar disso, e eu vou cuidar de vocês, tá bom, Eduardo?

– Claro, Sonia, pode deixar.

O dia amanheceu mais claro, com uma névoa fina. Ninguém pregou o olho, cada um com seus pensamentos, suas dores, suas lições. Mas estavam alimentados e vestindo roupas quentes e confortáveis.

Kafil tinha que ir para sua casa na vila, contar tudo o que aconteceu, missão difícil. Aqualtune, sua namorada, e os dois grandes amigos decidiram ir com ele.

Estavam mais maduros, mais amigos, depois dessa

experiência toda. Estavam mudados. Para melhor.

Eduardo conversava com o grupo de bombeiros que fariam uma busca pela floresta.

Arlindo, Miguel e Sonia tomavam um café na cozinha, ainda sem ânimo para conversar, mas aos poucos eles iriam olhar para tudo de outra maneira.

Mais do que uma lenda, aquilo tudo transformaria a vida deles para sempre.

Vó Cambinda não foi encontrada.

Dizem as lendas que ela mora na gameleira e cuida da floresta, protegendo seu povo das tempestades, da Bamburucema.

As férias acabaram. O trio – Aqualtune, Maria e Guilherme – voltou para a cidade, mas todos os finais de semana eles estavam no engenho, que passava por uma grande restauração.

Aqualtune tinha um orgulho enorme do seu nome, e quando perguntavam, ela falava com tanto gosto que nunca mais pediram para ela soletrar.

Kafil trilhava um caminho importante na vila, se tornaria um sábio um dia, como a vó Cambinda, e contava para todos, assim como vó fazia, a história da princesa Aqualtune. Ele trabalhava com Sonia e Eduardo na reconstrução do engenho, que com a força de Arlindo e Miguel, em pouco tempo seria tombado pelo patrimônio histórico e transformado em um museu.

A história da escrava Aqualtune jamais seria esquecida, e agora era motivo de orgulho daquela região.

O namoro de Aqualtune e Kafil estava firme, assim como o de Maria e Guilherme, que assumiram para todos da escola.

Faltava Arlindo comprovar a veracidade dos documentos de Cabalar, mas era um processo demorado, e essa era outra história, ou uma futura lenda.

INFORMAÇÕES HISTÓRICAS

AQUALTUNE: Apesar da certeza de que Aqualtune existiu, o que se sabe sobre sua vida é bastante impreciso e incerto. Ela teria nascido no Congo, região oeste da África, no século XVI, e seria filha de rei, portanto, princesa, mas também guerreira. Foi capturada por um reino rival, vendida como escrava e enviada ao Brasil. Desembarcou no Recife e foi comprada por um engenho em Porto Calvo. Fugiu de lá e se refugiou no Quilombo de Palmares. Também não se obteve até agora certeza a respeito de seu parentesco com Ganga Zumba e Zumbi, embora alguns autores indiquem a possibilidade de ela ter sido mãe de Ganga Zumba ou avó de Zumbi.

POVO BANTU: Unidos por crenças, costumes e línguas semelhantes, os bantus se formaram pela mistura de diferentes povos africanos. Os que vieram para o Brasil, trazidos pelos traficantes de escravos, são originários de uma região que hoje pertence aos seguintes países: Angola, Congo, República Democrática do Congo e Moçambique.

QUILOMBO DOS PALMARES: Os quilombos eram povoados que reuniam escravos negros fugidos dos engenhos de açúcar e começaram a ser organizados a partir de 1580, especialmente na Bahia e na Capitania de Pernambuco, hoje estados de Pernambuco e Alagoas. A partir de 1620, as invasões holandesas provocaram alterações nas rotinas dos engenhos dessa região, facilitando a fuga de muitos escravos.

Entre 1620 e 1680, o Quilombo dos Palmares, localizado na atual região de União dos Palmares, em Alagoas, apresentava um enorme crescimento de sua população, formando diversos núcleos de povoamento denominados mocambos. Embora não exista um registro exato, acredita-se que, em seu apogeu, cerca de vinte mil pessoas viviam em Palmares. Elas sobreviviam da caça, da pesca e da agricultura.

A organização política do quilombo é pouco conhecida, e as análises dos estudiosos se dividem. Alguns dizem que havia uma organização nos moldes dos reinos africanos, com um poder centralizado governando os diversos mocambos, e outros afirmam que o poder era descentralizado, sendo dividido entre as diversas etnias. Mas eles concordam em relação à delegação de poder às lideranças militares, na qual se destacam Ganga Zumba e Zumbi. Há consenso sobre a importante liderança assumida pelos dois guerreiros, suas habilidades de estrategistas e também sobre suas divergências. Entretanto, a biografia desses líderes é polêmica, uma vez que não se tem certeza a respeito da relação de parentesco entre eles. Pairam dúvidas especialmente sobre a história de Zumbi. Acredita-se que ele tenha nascido livre em Palmares e, ainda criança, tenha sido capturado por portugueses e educado por um padre em Porto Calvo, voltando ao quilombo na adolescência.

Quando os holandeses deixaram o Brasil, em 1654, os ataques dos portugueses aos quilombos, especialmente ao de Palmares, se intensificaram. Os engenhos estavam desorganizados, com falta de mão de obra, e o prestígio e a força de Palmares desafiavam o poder dos portugueses. Por volta de 1677, depois de inúmeras expedições organizadas para destruir o quilombo, o governador da Capitania de Pernambuco propõe um acordo de paz com Ganga Zumba. Em troca da liberdade para todos os escravos fugidos, o quilombo deveria se submeter à Coroa Portuguesa. Ganga Zumba aceitou a proposta, mas Zumbi não. Este último assume a liderança e resiste aos ataques portugueses até 1695, quando é traído por um amigo, morto e decapitado.

DOMINGOS FERNANDES CALABAR:
Nasceu na Capitania de Pernambuco, atual Porto Calvo, Alagoas, por volta de 1600. Tornou-se comerciante e contrabandista e também senhor de terras nessa mesma região. Em 1630, quando os holandeses invadiram o Brasil, lutou ao lado dos portugueses. Mas, em 1632, passou a lutar junto aos holandeses, o que favoreceu enormemente as vitórias e conquistas destes, pois Calabar conhecia profundamente a região e detinha informações importantes sobre a resistência portuguesa. Em 1635 os holandeses atacaram Porto Calvo, terra natal de Calabar e os portugueses fugiram. No entanto, a conquista holandesa desta região durou

pouco tempo. Calabar foi preso, declarado traidor, condenado, enforcado e esquartejado.

Até agora os estudiosos não sabem com clareza os motivos que levaram Calabar a mudar de lado. Alguns atribuem essa aliança a uma tentativa de defesa do povo brasileiro, já que os holandeses garantiam liberdade e recompensas.

SITES

Site oficial de Porto Calvo
https://portocalvo.al.gov.br

Quilombo São José
https://www.youtube.com/watch?v=f0asl1-SpP4

IPHAN - Serra da Barriga, Região do Quilombo dos Palmares
http://portal.iphan.gov.br/pagina/detalhes/

Vídeo sobre a princesa Aqualtune
https://www.youtube.com/watch?v=9EwWIRUlMg8

Congadeiros - série sobre a Congada
https://www.youtube.com/watch?v=S_32dg_tlT0

TIPOGRAFIA
    Leviathan [títulos]
    Swift [texto]
PAPEL
    Cartão 250 g/m² [capa]
    Ivory Bulk 65 g/m² [miolo]
IMPRESSÃO E ACABAMENTO
    Viena Gráfica
FEVEREIRO/2025